Coordinación editorial: M.ª Carmen Díaz-Villarejo
Diseño de colección: Gerardo Domínguez
Maquetación: CopiBook, S. L.

© Del texto y las ilustraciones: Mikel Valverde, 2010
© Macmillan Iberia, S. A., 2010
   c/ Capitán Haya, 1 - planta 14. Edificio Eurocentro
   28020 Madrid (ESPAÑA). Teléfono: (+34) 91 524 94 20

   www.macmillan-lij.es

ISBN: 978-84-7942-628-6
Impreso en China / *Printed in China*

GRUPO MACMILLAN: www.grupomacmillan.com

Este libro pertenece a:

....

....

Mikel Valverde

Rita eN apuRos

MACMILLAN
Infantil y Juvenil

1

Rita pensó por un momento que todo era perfecto.

Y eso que la tarde en el colegio no había ido demasiado bien.

Tal vez por ello llegó casi sin fuerzas al gimnasio para la clase de taekwondo e, incapaz de concentrarse, perdió todos los combates que disputó.

Camino del vestuario recordó la frase que tantas veces había escuchado decir a su abuelo: "Hay días que uno se levanta con el pie izquierdo".

No sabía por qué era el pie izquierdo precisamente, pero entendía lo que quería decir aquella frase popular: hay días que todo sale mal.

Así se sentía ella y deseaba con todas sus fuerzas estar en casa, a resguardo de la vida, que aquel día le mostraba una cara antipática. Por si acaso, al salir del gimnasio pisó la calle con el pie derecho, pero las cosas no mejoraron. Al viento frío que soplaba aquella tarde se le unió una lluvia repentina que hizo que las gotas le golpearan en la cara como agujas.

Cuando entró por la puerta y percibió el olor de la casa se sintió a salvo.

Saludó a sus padres, se cambió de ropa y se dio cuenta de lo maravilloso que era tener un sitio al que regresar. Y un sitio tan confortable: la calefacción calentaba la casa amueblada con gusto y el aroma de té recién hecho y de bizcocho que salía de la cocina se extendía por el piso.

Además estaba su familia: sus padres y su hermano. El pequeño Óscar jugaba sobre la alfombra del salón y las risas cómplices de Mónica y Martín resonaban por el pasillo.

Mientras regresaba corriendo por la calle y notaba la lluvia húmeda en su ropa, había deseado con todas sus fuerzas vivir un momento como ese.

Rita se sentó a la mesa de la sala ante el ordenador y miró a su alrededor. Estaba encantada, no había duda: todo era perfecto, se sentía como en el mejor de los sueños.

Entonces el sonido bronco de las voces rompió aquel momento mágico.

Ya no se escuchaban risas y sus padres discutían en voz alta.

—¡Pero si fuiste tú la que dijiste que llamara por teléfono! –se oyó exclamar a Martín.

—Claro, porque tú no dejabas de repetir
una y otra vez que teníamos que comprar uno –le
recriminó Mónica.

—Eso era porque me di cuenta de las miraditas
que me lanzabas cada vez que aparecía el anuncio.

—¿Miraditas? ¿De qué hablas?

La pareja había llegado hasta la puerta abierta
de la sala donde se encontraban los dos niños.

Martín respondió a su mujer con un deje
irónico:

—¡Ya sabes de qué hablo!

—No, no lo sé y quiero que me lo expliques
–exigió con voz pétrea la madre.

Rita se levantó de la silla y se acercó a ellos
con gesto severo.

Su padre había tomado de nuevo la palabra en
aquella discusión absurda.

—¡Te lo explicaré ahora mismo…!

—¡Basta! —le cortó la niña, que se había colocado entre los dos. La pareja, que no se había percatado de la presencia de su hija, se sorprendió al verla frente a ellos con los brazos en alto.

—¿Se puede saber por qué discutís de ese modo? —preguntó Rita en tono de reproche.

—Tu padre… –dijo su madre con desgana–, que ha decidido gastarse el dinero en un aparato que no sirve para nada.

—¡Eso ha sido así porque tú lo querías! –se defendió Martín.

—¿Que yo lo quería? –soltó Mónica de forma brusca.

—¡¡¡Ya está bien!!! –se impuso de nuevo la voz de la niña con un grito. Sus padres se quedaron mudos, sorprendidos por la actitud decidida de su hija y el tono de autoridad de sus palabras. Rita los miró de modo recriminatorio.

—Mirad –les dijo señalando a su hermano, que, sentado en la alfombra, estaba a punto de llorar–, habéis asustado a Óscar.

La niña tendió la mano en dirección a su hermano y este se acercó y se refugió tras ella mientras aguantaba las lágrimas. Luego, Rita se dirigió a sus padres con tono sereno:

—¿Cómo podéis discutir de ese modo? ¿Ha pasado algo importante para que rompáis así la paz y la tranquilidad que disfrutamos en este hogar?

Martín y Mónica se miraron avergonzados y luego posaron la vista en sus hijos.

—No –masculló él.

—Lo siento, cariño –dijo ella mientras cogía en brazos a su hijo pequeño y lo acariciaba.

—Perdonad –se disculpó Martín mirando a sus dos hijos.

A Rita tanta perfección la hacía sentirse serena, fuerte y magnánima, dueña de sí misma y de la situación. Pensaba que así se habría sentido Cleopatra ante sus súbditos egipcios. La niña hizo un ademán no exento de nobleza a sus padres para que entraran en el salón.

—He tenido una tarde horrible y lo último que esperaba es encontrarme con una discusión en casa. Por favor, entrad y sentaos en el sofá. Tranquilizaos y contadme por qué discutís. Todo tiene solución –les dijo imitando a un mediador de conflictos que había visto la semana anterior en un programa de televisión dedicado a los problemas de la juventud. Cleopatra en el siglo XXI se habría comportado así, hay que modernizarse, nada de mandar arrojar a la gente a los cocodrilos.

Sus padres le hicieron caso como dos escolares y tomaron asiento.

Rita siguió en su papel de mediadora y se sentó en una silla frente a ellos.

—Decidme, ¿qué es eso tan importante por lo que discutíais?

Su padre, rojo de vergüenza, respondió:

—Por nada, es una tontería. Siento de veras haber gritado.

—No importa, tranquilos, todo ha pasado. ¿Qué ha ocurrido? –insistió la niña, que en ese momento parecía una sicóloga. Solo le faltaban las gafas de sicóloga.

—El otro día estábamos viendo en la televisión un anuncio de un electrodoméstico y pensamos que era buena idea comprarlo –dijo su madre, que mantenía en brazos a Óscar.

—Era una especie de súper-aspirador de mano que dejaba todo muy limpio. Llamamos por teléfono, dimos el número de la tarjeta de crédito para pagarlo y nos lo enviaron a casa –le ayudó Martín–. Pero ahora resulta que es muy grande, ocupa mucho espacio y no limpia nada.

—Sí, nos equivocamos los dos –reconoció Mónica.

—¿Y por eso os habéis enfadado?

—Sí –farfulló Martín–. Nos echábamos uno a otro la culpa cuando los dos fuimos responsables.

Rita esbozó una sonrisa condescendiente.

—Vaya, conque ha sido eso, un problema que tal vez tenga solución.

Sus padres la miraron sorprendidos.

—Mi amigo Rafa me contó que a sus padres les ocurrió algo parecido: compraron una cosa que se anunciaba en la tele y luego lo devolvieron. Dentro del paquete había un papel en el que ponía que podían devolverlo y recuperar el dinero.

Martín dio un bote en el sitio y aprovechó el rebote para salir disparado de la sala. Al momento llegó con una gran caja que dejó en el suelo. El ambiente se había relajado y entre los cuatro, sentados en la alfombra, la abrieron. El padre sacó el aparato y Mónica y los niños miraron entre los plásticos del embalaje.

—¡Aquí está! –exclamó su madre.

En efecto, Mónica mostraba con gesto triunfal una hoja de papel.

—Toma, lee tú –dijo mientras se la extendía a Rita.

La niña tomó el papel, que resultó ser un contrato de compra, y leyó en voz alta el último párrafo:

—"Si el comprador no queda satisfecho con el producto, podrá devolverlo siempre que lo haga en el plazo máximo de tres semanas desde el día en que se le entregó. En ese caso le será reembolsado el importe íntegro de lo pagado".

—¡Lo recibimos hace cuatro días! –exclamó alegre Martín.

—Entonces podéis devolverlo sin problemas y recuperar el dinero –confirmó Rita con una sonrisa.

Sus padres la abrazaron.

—Gracias, Rita –le dijo su padre con un gesto de reconocimiento.

—Sí, cariño. Perdona por habernos comportado de ese modo –se disculpó de nuevo su madre.

—No os preocupéis, ha sido un fallo que ocurre muy a menudo, os habéis preocupado demasiado por algo material –les dijo, expresándose de nuevo como el mediador de la tele.

—Por cierto –añadió–, el tío Daniel ha enviado un correo electrónico desde la excavación de Chile en la que está trabajando. Dice que se encuentra bien, pero que anda muy ocupado y que mañana escribirá de nuevo para contarnos más cosas.

Luego salió de la sala para dirigirse a su cuarto y hacer los deberes.

Sin embargo, una zapatilla se le salió y se detuvo para ajustársela. Junto a la puerta del pasillo, agazapada, alcanzó a escuchar a sus padres que hablaban en el salón.

—Rita nos ha dado una lección –decía Mónica.

—Sí, es muy inteligente y madura –corroboró Martín.

"Vaya, hablan de mí como si yo fuera una fruta", pensó Rita.

—Así es, nuestra niña se está haciendo mayor y se está convirtiendo en una joven brillante –observó su madre.

"Ah, era eso", sonrió Rita, que escuchaba atenta desde el pasillo.

—Si sigue así, esta niña será capaz de conseguir todo lo que se proponga –concluyó su padre dejándose llevar por la euforia.

A Rita, sin embargo, aquellas palabras le sonaron ajustadas a la realidad y notó cómo algo se inflaba dentro de ella. Paladeó lo escuchado y se encaminó a su cuarto, cuidándose mucho de dar el primer paso con el pie derecho.

• • •

2

Una vez terminaron de cenar, Óscar dio un beso de buenas noches a todos y Mónica lo llevó de la mano a su cuarto. Mientras tanto, Rita se terminaba un yogur de melocotón.

—Ah, una cosa, Rita —le llamó la atención su padre al tiempo que recogía la mesa.

—¿Sí?

—Necesito que me devuelvas el muñeco que venía junto al súper-aspirador.

—¿Qué muñeco?

—¿No te acuerdas? Hace unos días, después de abrir el paquete, te di un muñeco amarillo que venía dentro para que jugaras con él y te lo llevaste a tu cuarto.

Rita se acordaba, sí. Y también recordaba que hacía días que no lo veía en la estantería en la que le había adjudicado un sitio. Por eso, y aun sabiendo que no era un gesto muy maduro, intentó escurrir el bulto.

—¿Estás seguro de que me lo diste a mí?

—Sí.

Rita notaba que algo había cambiado.

—¿No se lo habrás dado a Óscar y se te ha olvidado?

—No; recuerdo que te lo di a ti.

El momento perfecto se había esfumado. Y también esa sensación de dominio de la situación y ese sentirse como un sicólogo mediador de conflictos o como la misma Cleopatra. La magia había desaparecido y allí estaba ella, hablando con su padre en la cocina. Una niña y un adulto.

Rita hizo un gesto exagerado, nada noble, como si de repente se acordara de algo:

—Aahhh, clarooooo, el muñeco amariiiilloooo, ya lo recuerdo…

Luego añadió con una sonrisa teatral:

—Je, es un muñeco muy gracioso. ¿Para qué lo quieres?

—He de devolverlo junto al súper-aspirador para que nos reembolsen el dinero.

Martín cogió el contrato de compra que había dejado en una estantería de la cocina y se lo enseñó. Rita leyó de nuevo el papel y se dio cuenta de que debajo del párrafo que ella había leído anteriormente había unas líneas escritas con letra más pequeña. La niña se fijó en las letras y en la frase que formaban.

"La devolución se llevará a cabo ÚNICAMENTE siempre y cuando los compradores devuelvan asimismo el muñeco que EN EXCLUSIVA se regala con este producto", leyó Rita.

—Lo tienes, ¿verdad?

Rita casi no dejó a su padre terminar la frase.

—Oooooh, sííí, por supuesto que lo tengoooooo –dijo alargando una vez más algunas palabras, intentando demostrar madurez y brillantez–. Ya te lo daré, claro. ¿Lo necesitas pre-ci-sa-men-te ahora mismo? –preguntó.

—Bueno… –articuló su padre en tono dubitativo.

—Es que tengo que leer pre-ci-sa-men-te para mañana el capítulo de un libro para clase de lengua.

—No, bien, no dejes de estudiar por ello, claro. Hay tiempo para devolver el súper-aspirador; pero no quiero tardar mucho en hacerlo. Es un trasto y ocupa mucho sitio.

—Lo entiendo. A mí me ocurre lo mismo, apenas tengo espacio en mi cuarto para colocar mis cosas. Eso nos pasa a la gente madura.

—¿Qué?

—Nada, que la vida de estudiante es muy dura –rectificó Rita mientras dejaba el envase del yogur en el cubo de basura para reciclar–. No te preocupes, papá –añadió–. En cuanto tenga un poquito de tiempo lo busco y te lo devuelvo.

Luego dio las buenas noches a su padre y se despidió con una mueca que quería ser una sonrisa de confianza.

Rita se cepilló los dientes muy despacio, varias veces, hasta que su madre la advirtió de que era hora de irse a la cama.

Entonces entró en su cuarto, miró a la estantería y, tal como se temía, advirtió un hueco entre dos juguetes. Ahí había estado hasta hacía poco el muñeco amarillo que se regalaba al comprar un súper-aspirador.

Rita recordó las frases que había escuchado horas antes desde el pasillo. "Es una chica muy madura y muy brillante", habían dicho sus padres. Y se aferró a ellas como un náufrago a un salvavidas. Aquellas palabras la hacían sentirse diferente, importante y segura.

"Perder un muñeco es algo infantil, seguro que a Cleopatra no le ocurrían estas cosas. Ella nunca extravió ninguna pirámide", pensó. "Yo prefiero ser mayor, me estoy empezando a aburrir de ser una niña". Luego se subió a una silla y comenzó a mirar entre los objetos que había en la estantería.

No lo encontró allí y se puso a buscar debajo de la cama.

—¿Qué haces ahí? –la sorprendió su padre, que se había asomado por la puerta.

Rita se volvió y se levantó de un salto.

—Ooooh, nadaaaa –a pesar de que intentaba hablar con normalidad, las palabras le salían alargadas.

—No estarás mirando si hay monstruos escondidos debajo de la cama, ¿verdad?

—Je, claro que noooo, eso lo hacen los niños pequeños y yo soy más bien una joven, ya mayor, con mis ideas y todo eso, ¿no?

Su padre no entendía demasiado bien a dónde quería ir a parar y le preguntó:

—¿Buscabas algo?

—¿Buscar? Yo no buscaba nada.

—No lo entiendo. ¿Entonces qué hacías?

—Pues buscar –respondió ella un poco aturullada mientras intentaba dar con una excusa convincente.

—¡Pero si me acabas de decir que no buscabas nada! –se sorprendió su padre.

Rita miró al techo en busca de inspiración antes de contestar:

—Quería decir que no buscaba nada importante –como no se le ocurría nada, miró al suelo y allí encontró la excusa adecuada. Se agachó y cogió un calcetín–. Buscaba en realidad este calcetín que se había caído debajo de la cama. No es que quiera decir que este calcetín no sea importante, claro –añadió mientras levantaba la prenda.

—Bueno, deja ya eso y métete en la cama, debes dormir y descansar –le interrumpió Martín–. Te noto rara. Por la tarde estabas muy tranquila y, sin embargo, después de cenar he notado que te has puesto algo nerviosa.

—¿Quién, yo? –se hizo la sorprendida Rita.

—Sí, creo que trabajas mucho y que te tomas las cosas del colegio demasiado en serio –le dijo su padre mientras la hacía tumbarse en la cama y la arropaba.

—Sí… –respondió ella dejándose llevar.

—Tenías razón en lo que has dicho esta tarde. Hay que tomarse todo con más calma.

—Sí, papá –repitió Rita como una buena chica.

—Bien, te dejaré leer solo un poquito, ¿de acuerdo?

Martín abandonó el cuarto, que estaba iluminado por un flexo junto a la cama, y Rita cogió un libro para disimular. En realidad no tenía nada que leer para la clase de lengua y además no tenía la serenidad suficiente para concentrarse en un texto.

"Yo ya sé tomarme las cosas con calma", pensaba Rita mientras miraba las páginas del libro sin ver nada de lo que ponía en ellas. "No sé por qué me dice eso papá… Lo que tengo que hacer es encontrar el muñeco amarillo. Eso les confirmará que soy una chica mayor capaz de conseguir lo

que me proponga", se dijo mientras a la luz de la lámpara se le cerraban los ojos y caía en un sueño profundo.

Poco después Mónica se acercó a la cama de su hija y apagó la luz, dando por finalizado aquel día que Rita había comenzado andando con el pie izquierdo.

• • •

3

Al día siguiente, tras regresar de clase, Rita se dirigió directamente a su cuarto. Dejó la mochila con los libros sobre la silla y la colocó junto a la puerta, que cuidó de cerrar bien.

"Voy a registrar la habitación hasta encontrar el muñequito", se dijo mientras miraba a su alrededor.

Buscó a conciencia en todas partes, en los armarios y detrás de los libros, dentro de las bolsas donde guardaba algunos disfraces y bajo la ropa, pero fue incapaz de dar con el juguete.

—¿Dónde lo habré metido? –se preguntó.

A medida que había ido registrando y revolviendo entre sus cosas, los nervios y el mal humor se fueron apoderando de ella.

—Rita –escuchó que le llamaba su padre.
La voz de Martín le sacó de la espiral de enfado en la que se había precipitado su mente. Los cajones permanecían abiertos y montones de ropa y objetos ocupaban el suelo de su habitación.

—¿Sí, papá? –contestó la niña asomando la cabeza por la puerta entreabierta de su cuarto.

—Quería pedirte que me dieras el muñeco… ya sabes, para hacer la devolución del súper-aspirador, no sé si recuerdas –dijo su padre desde el pasillo.

—Es que ahora estoy liada con una cosa de los deberes para una asignatura muy importante y urgentísima –respondió ella en un tono que quería ser el de una persona muy ocupada.

—Bien, no te preocupes, era solo para que no se te olvidara.

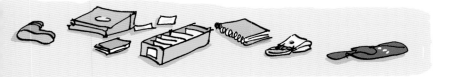

—Vale –concluyó la niña antes de cerrar la puerta y disponerse a dejar su habitación como estaba antes del registro.

Mientras recogía las cosas, intentaba recordar lo que había ocurrido desde que, dos días antes, había tenido el muñeco en la mano. Se veía a sí misma en ese mismo cuarto con el juguete. Sin embargo, por mucho que se esforzaba era incapaz de recordar qué había hecho con él.

Una vez todo hubo quedado en su sitio, miró los muñecos y peluches que ocupaban una estantería como si buscara la inspiración que se le escapaba. Y fue al ver el reflejo de uno de los ojos de un perrito cuando en su mente surgió una luz y una idea pareció encenderse en su mente como si fuera una bombilla. "Claro, ya está", se dijo y se lanzó al cajón donde guardaba las pinturas.

Más tarde, mientras leía en el ordenador portátil el mensaje que había enviado su tío, su padre entró en el salón con un muñeco en la mano.

—Oye, Rita, ¿has dejado esto dentro de la caja del súper-aspirador?

—Sí, claro –respondió sin levantar la vista de la pantalla y escondiéndose un poco tras ella.

Óscar jugaba con unos coches en la alfombra y su madre leía un libro sentada en un sillón.

—Es que este no es el muñeco que venía con el súper-aspirador –dijo su padre mientras mostraba el objeto.

A pesar de que había leído el *mail* varias veces, la niña simuló leerlo con mucho interés y no hizo caso de las palabras de su padre.

—Rita, escucha, por favor. Te digo que este no es el muñeco que regalaban en exclusiva con el aspirador.

—¿Ah, no? –fingió ella alzando la vista por encima de la pantalla.

—No; es parecido, pero no es el muñeco.

—A mí me parece que sí.

Martín se acercó a ella. En la otra mano llevaba un papel con la imagen del muñeco que se incluía en la caja del súper-aspirador.

—No; mira: el muñeco es este –y señaló la ilustración–. Esto es un peluche parecido pintado de amarillo.

Su padre lo había descubierto; debía disimular e improvisar algo.

—Oooh, vayaaa, tienes razóóóón –dijo intentando aparentar seguridad pero sin poder evitar que sus palabras se alargaran–, no es el mismo, no, señor.

—¿Lo has dejado tú en la caja?

—¿Quién, yooooo? ¿Te refieres a mí?

—Sí, claro.

—Bien, sí, he sido yo.

Su padre se quedó de pie, junto a ella, esperando una explicación.

Ella la encontró.

—Bueno, como son tan parecidos me he confundido y he cogido este. Lo pinté de amarillo, ya que en clase de plástica nos pidieron que hiciéramos un trabajo sobre el amarillo y pintáramos un objeto de amarillo y yo pinté esto de amarillo, je, je –dijo a modo de excusa.

—¿Qué ocurre? –preguntó Mónica, que con la conversación había perdido la concentración en el libro.

—Nada, que le estoy pidiendo a Rita que me dé el muñeco para hacer la devolución del súper-aspirador –le contestó Martín.

Casi sin dejar terminar a su padre, la niña se justificó:

—Tengo taaaaaantas cosas en la cabeza y taaaaantos deberes que me despisto y se me olvidan algunas cosas. La culpa es mía, me he confundido de muñeco. Es que… –Rita bajó la voz y se sorbió

la nariz antes de agregar con tono lastimero–: Estoy
tan atareada… –parecía a punto de llorar.

—Yo… lo siento…

Mónica, a quien las palabras de su hija
le parecieron demasiado exageradas, la miró de
reojo.

—No te preocupes, Rita.

Luego miró a su marido y añadió:

—No agobies a la niña, aún tenemos tiempo
para devolver el aparato, ¿no?

—Quince días, más o menos –dijo él.

Su madre la observó con resignación y tras
mirar al techo y lanzar un suspiro dijo a su hija:

—Anda, ve a descansar a tu cuarto y no te
preocupes tanto por las cosas del colegio, que estás
sacando buenas notas.

Rita se encaminó a su habitación, pero antes de que abandonara la sala, su padre la llamó.

—Espera —le dijo mientras le acercaba el papel con la ilustración del muñeco—. Toma, para que no te despistes otra vez.

Óscar había detenido su juego y había observado toda la escena con atención.

Rita se metió en su cuarto y se tumbó en la cama. Allí, boca arriba, miraba una y otra vez la ilustración del muñeco desaparecido preguntándose dónde lo habría dejado.

De repente notó un ruido en la puerta. Alguien intentaba entrar en su cuarto. Solo podía tratarse de una persona de cuatro años, el niño regordete y rubio que era su hermano. Rita se levantó y abrió la puerta y se encontró de frente con él.

—Ritatengounacosaquedecirte —dijo Óscar nervioso.

Su hermana se extrañó al oírle hablar de aquel modo y el niño abrió mucho los ojos y con gesto de ansiedad en la cara continuó:

—Ritahapasadoqueelmuñecoquetúteníasycon elqueestabasjugandoelotrodía…

—¿Qué dices?

—Queelmuñecoamarilloquepapádice… el muñecoconelquetújugabasyolohecogidodetucuarto ylohellevadoalcolegioparadarloalosniñospobres –volvió a decir su hermano, que de tan excitado que estaba unía las palabras de forma atropellada y no era capaz de hablar claro. El caso es que mientras se expresaba, el niño señalaba la imagen del juguete que Rita sostenía en una de sus manos.

—¿Has cogido tú este muñeco para jugar con él, eso quieres decir? –le preguntó.

El rostro de su hermano cambió y el niño, muy serio, respondió articulando muy bien.

—No.

Rita sabía que su hermano no sabía mentir, así que le dijo en voz baja:

—Hermanito, tengo que encontrar el muñeco amarillo, estoy muy ocupada.

Sin embargo, Óscar insistía:

—Nolobusquesporqueyohecogidoelmuñecoy lohellevadoalcolegioyselohedadoamiprofesorparalo quesevaahacerparalosniñospobres –repetía la criatura de forma precipitada mientras gesticulaba con los brazos.

—Lo siento, Óscar, ahora no puedo jugar contigo, tengo cosas importantes que hacer –le respondió su hermana en el mismo tono que había oído utilizar a algunos adultos.

El niño, desesperado, decía una y otra vez lo mismo y solo dejó de insistir cuando, a la hora del baño, su madre vino a buscarle.

Rita quería mucho a su hermano y le daba pena que aquel asunto del muñeco la hubiera privado de un rato de juego con él. Óscar había comenzado a ir al mismo colegio que su hermana y los dos iban todos los días acompañados por uno de sus padres.

"Él es un niño pequeño y aún está muy lejos de imaginar los problemas que tenemos la gente madura", pensó Rita.

Se había sentado ante la mesa y una vez más sujetaba la imagen del muñeco amarillo. La miró un rato y a medida que mantenía los ojos fijos en la ilustración, el gesto de su cara se hizo más desafiante.

—Daré contigo –dijo sin pestañear y luego hizo un chasquido con la lengua. Le gustó cómo quedaba y repitió:

—Daré contigo, cueste lo que cueste, ¡maldita sea! –y volvió a hacer el chasquido.

• • •

4

Los siguientes días Rita peinó palmo a palmo cada rincón de la casa con la excusa de que había perdido una de sus pinturas favoritas, pero no logró dar con el muñeco.

Su hermano, al verla dedicada a la búsqueda, se alteraba e insistía en sus palabras:

—Ritanobusqueselmuñecoporqueyolohe cogidoylohellevadoalcolegioparadonarloalarifapara losniñospobrespobrecitos –le decía el niño sin parar de gesticular.

Sin embargo, ella no le hacía caso.

—Por favor, Óscar, te digo que no tengo tiempo de jugar.

Rita llegó a la conclusión de que el muñeco no estaba en casa. Algo debía de haber ocurrido con él.

"He de encontrar uno igual y dejarlo en la caja del súper-aspirador. Iniciaré una búsqueda", decidió.

Una mañana, varios niños se juntaron en una esquina del parque junto a las canchas de deporte.

—Hola –saludó Saad.

Rafa, Ane, Javi y Rita respondieron a su saludo.

—¿Qué es eso tan importante que tenías que decirnos? –preguntó Rafa a Rita una vez se hubo reunido todo el grupo de amigos.

Era un sábado otoñal. El sol peleaba por abrirse un hueco entre las nubes. Un grupo de jóvenes jugaba al baloncesto cerca de ellos, mientras los niños más pequeños llenaban el aire con sus gritos y jugaban en los columpios.

—Oye, Rita, ¿no escuchas lo que digo? –insistió Rafa al ver que su amiga miraba hacia otro sitio.

Ella respondió a su pregunta con otra.

—Ese niño no para de mirarnos. ¿Le conocéis? –dijo señalando a un niño pecoso de gafas que los observaba a unos metros de distancia apoyado en un banco. Era delgado y, aunque podría tener la misma edad que ellos, era un poco bajito. Eso y su mirada tímida que rayaba en lo asustadizo le daban una apariencia frágil. Parecía un pajarito.

—Yo lo he visto algún día por aquí, siempre está solo y se pasa el rato mirando a los demás –respondió Javi.

—El caso es que me suena… —insinuó Rita.

—Claro, va a nuestro colegio –intervino Ane–. Está en el mismo curso que nosotros pero en la clase de al lado. Creo que es extranjero y que ha venido hace poco y no sabe hablar bien nuestro idioma. Igual le has visto por el pasillo o en el patio.

—¿Le decimos que venga? –propuso Javi.

—Espera un poco –le cortó Rita–. Primero os quiero hablar de un asunto importante. Ese chaval tal vez no lo entendería, se trata de un tema delicado.

—Por eso nos has llamado, ¿no? –insistió Rafa.

—Exacto.

Sus cinco amigos la miraron atentos e hicieron un corro en torno a Rita.

—Estoy metida en un buen lío y quiero pediros vuestra ayuda –comenzó Rita. Sus amigos asimilaron las palabras con un gesto que no quería decir ni que sí ni que no, sino que sencillamente seguían a la escucha.

—Se trata de una desaparición.

Los ojos de sus amigos se agrandaron al escuchar aquello.

—¿Y por qué no llamas a la policía? –preguntó Javi.

—Imposible, no creo que ellos puedan hacer gran cosa. Además, eso nos llevaría a dar explicaciones y no disponemos de mucho tiempo. El tiempo es vital en este caso –añadió.

—¿Y a quién hay que buscar? –inquirió Rafa, dominado por la excitación de meterse en un asunto emocionante.

—A este –respondió ella a la vez que sacaba de uno de los bolsillos de su abrigo la ilustración del muñeco.

La decepción se dibujó en el rostro de sus amigos.

—Es un muñeco –farfulló Saad.

—Y amarillo –añadió Ane.

—Claro. ¿Qué esperabais? –dijo Rita.

Los demás niños se mantuvieron callados y Rita percibió que aún le prestaban cierta atención. Ella les contó lo ocurrido en su casa y les pidió que la ayudaran a encontrar uno de los muñecos amarillos que se regalaban con el súper-aspirador.

—¡Daremos con él! ¿Estáis conmigo? –concluyó Rita con una sonrisa de euforia y levantando el pulgar en dirección a sus amigos.

Sin embargo, ninguna mano se movió ni ningún pulgar se alzó.

—¿Qué ocurre? –preguntó ella mientras se dibujaba un gesto de pavor en su cara.

Hubo unos segundos de silencio y luego fue Rafa, su mejor amigo, el que se decidió a romperlo.

—Mira, Rita, yo creo que lo mejor es que les digas a tus padres que lo has perdido. Ellos sabrán cómo encontrar uno.

—Eso es imposible. Ya les he dicho que yo lo tenía, no me puedo echar atrás, y es un asunto muy difícil para dejarlo en sus manos –le rebatió Rita.

Rafa sabía lo testaruda que era su amiga y escogió las palabras antes de abrir de nuevo la boca.

—No ocurrirá nada si rectificas, ellos sabrán entenderlo y hallarán el modo de conseguir un nuevo muñeco. Yo que tú les diría la verdad y me olvidaría del asunto. No te compliques.

—Yo pienso lo mismo –se sumó Javi.

Saad intervino después.

—Creo que ellos tienen razón. Si ese muñeco es exclusivo, podemos comenzar a dar vueltas y vueltas y no tienes mucho tiempo.

Rita miró a su amiga.

—Ane, ¿tú también? –le preguntó con gesto asustado mientras se tocaba el pecho con la mano en un gesto teatral.

—Sí –le confirmó ella–. Olvídate de ese muñeco, díselo a tus padres.

Bastaron unos instantes para que el rostro de Rita pasara de expresar pesar a mostrar enfado.

—¡¡Vaya unos amigos estáis hechos, no queréis ayudarme!! –les recriminó de malas pulgas.

Rafa, que la conocía bien, le respondió con serenidad.

—Queremos ayudarte y por eso te hemos dicho eso.

—¡Pues yo no voy a volverme atrás. Me he propuesto conseguir ese muñeco y lo haré aunque sea sola, ¡ya veréis! –exclamó Rita.

Sus amigos dejaron pasar unos segundos incómodos a la espera de que se calmara y, al cabo de un rato, Rafa propuso:

—¿Vamos al campo de futbito?

Casi todos respondieron de modo afirmativo.

—¡¡Yo no voy, estoy ocupada!! –soltó Rita, ofuscada.

Sus amigos se miraron entre sí y, a una señal de Rafa, se alejaron de ella. Cuando llegaron a la cancha, el chaval les dijo a los demás:

—No os preocupéis, la conozco, se le pasará y todo volverá a ser como antes.

Rita se había quedado junto a los matorrales que delimitaban el amplio parque. Algunas familias y parejas caminaban por el paseo principal que pasaba junto a las canchas de deporte y se perdía entre los árboles.

La niña dio una patada al aire y varias hojas caídas temblaron.

—¡¡Nadie quiere ayudarme!! —exclamó.
La seguridad en sí misma que había demostrado ante sus amigos había desaparecido y sentía que necesitaba ayuda.

Se quedó mirando fijamente las hojas ocres que cubrían las baldosas del paseo y, aún con la mirada fija en el suelo, notó dos ojos clavados en ella. Alzó la vista y vio al niño pecoso.

—¿Por qué me miras así?

El niño sonrió al ver que se dirigían a él y levantó una mano tímida para saludarla.

"Ahora me saluda", se dijo ella.

—¿Qué quieres? –le preguntó.

La sonrisa se hizo más grande en la cara del chaval y volvió a saludar.

"O no se entera o no me ha escuchado bien", dedujo Rita antes de dar unos pasos en dirección al banco donde estaba apoyado el chico.

—Te he preguntado si me conoces o quieres algo –le repitió.

El chaval sonrió de nuevo y luego dijo:

—No prefiero nada especial, yo te miraba con tus amigos.

—No te preguntaba qué preferías, sino qué querías. "Preferir" y "querer" son cosas diferentes –le corrigió Rita.

—Sí, claro, perdona. Yo estoy aprendiendo vuestra lengua, vine hace poco aquí. Yo no quería nada, yo te miraba con tus amigos –se excusó el chaval con su permanente sonrisa.

—No sé si son mis amigos –respondió Rita tajante. Al ver la cara de sorpresa del chaval añadió–: Me he metido en un problema y les he pedido ayuda y ellos me han dicho que me las apañe yo sola.

—¿Que te arañes sola?

—Que me las apañe. Eso significa que no me quieren ayudar y que tengo que solucionar por mi cuenta el problema en el que me he metido. Es una injusticia de la que soy víctima —aclaró ella.

Sabía que tal vez no estaba contando con exactitud lo ocurrido, pero a veces explicar la verdad es bastante complicado. Lo mejor era hacer un resumen de lo sucedido para que el chico lo comprendiera.

—Vaya, yo creo que los amigos deben ayudarse —se lamentó el chico. Luego agregó—: Es una suerte tener amigos.

Rita se fijó en el chaval. La parte superior del chándal que vestía le quedaba un poco grande y eso le hacía parecer aún más pequeño.

—¿Quieres ayudarme? —le preguntó.

—Sí, claro. Si me dejas, me gustaría mucho a mí ser tu amigo —respondió el chaval con una sonrisa cargada de bondad—. Me llamo Nicolai —añadió a la vez que le tendía la mano.

—Yo soy Rita —dijo ella respondiendo al saludo—. ¿De dónde eres?

—De Rumanía. Vine hace poco con mis padres para vivir aquí. Ellos han venido para trabajar.

Rita le enseñó la foto del muñeco y le explicó lo sucedido. El chaval escuchó muy atento las palabras de su nueva amiga y cuando esta terminó de hablar le preguntó:

—¿Has pensado en decirle a tus padres lo que ocurre?

—¡Me has dicho que me ayudarías! –le recriminó ella.

—No te enfades tú, por favor. Yo quiero ser tu amigo y quiero ayudarte –respondió Nicolai, un tanto sorprendido por su reacción–. Si tú necesitas el juguete, podemos buscarlo juntos.

—Es lo que tenemos que hacer, mi padre quiere devolver el aparato lo antes posible –dijo Rita un poco más calmada al ver que podía contar con el chaval–. ¿Se te ocurre algo?

—No sé… –respondió Nicolai a la vez que se mordía la uña de un dedo en un gesto reflexivo. Los dos chavales se habían apoyado en el banco. Una pareja de jóvenes pasó junto a ellos paseando a un perro.

Tras unos segundos, el niño propuso:

—Podemos ir a preguntar a una tienda donde vendan cosas que no son canas.

—¿Qué?

—A la tienda de Xinlong, está allí –dijo Nicolai señalando al otro lado de la calle.

—No me refiero a eso, sino a lo que has dicho al final.

—A las cosas canas… ¿No se dice así?

—No; se dice "caras", pero me has dado una idea, je, je —exclamó ella con una sonrisa—. Ven, te enseñaré algo, es un secreto y has de prometer que no se lo contarás a nadie y, además, has de hacer lo que yo te diga —añadió Rita a la vez que indicaba a Nicolai que la siguiera.

—Sí, claro, soy tu amigo —le respondió él.

Los dos chavales pasaron junto a la cancha de futbito, donde varios chicos de su edad jugaban, y se encaminaron hacia lo más recóndito del parque.

• • •

5

A medida que avanzaban hacia la zona más escondida y húmeda del parque, Rita le habló a Nicolai de la existencia de las ranas sabias. Se trataba de unos animales que vivían en una charca que se hallaba en lo más profundo de aquel gran parque urbano. La niña le explicó que aquellas ranas únicamente hablaban con los niños y les aconsejaban cuando estos acudían a aquel lugar secreto que solo los chavales del barrio conocían. Los niños guardaban el secreto de la existencia de estos seres y en ningún momento hablaban de ello a las personas mayores. Si esto ocurriera, las ranas y sus consejos desaparecerían para siempre.

Tras pasar por un estrecho túnel
oculto entre la maleza, los dos chavales
llegaron a la charca y se sentaron en el tronco
que allí había. Rita hizo una señal a su amigo para
que siguiera el plan acordado y los dos esperaron a
que aparecieran las ranas sabias, tal como ocurría de
forma habitual.

A los pocos segundos se oyeron unos ruidos
entre las hierbas que sobresalían del agua y los niños
escucharon una voz.

—Crroaaaaac, hola, Rita, veo que de nuevo
estás aquí –dijo la primera rana, que se había subido
a una piedra junto a la maleza.

—Sí, crroac, croac, y hoy ha venido acompañada, croac —se sumó la segunda rana, que se había encaramado a una piedra lisa junto a su compañera.

—¡Crooooooooooaccc! Viene con un amigo… Croac —añadió la tercera rana.

Una rana más, subida al tallo de una gran planta, habló entonces.

—Croaccccc… Sí, Rita es la persona que más veces acude a pedirnos consejo… sin duda… Croac…

La primera rana tomó de nuevo la palabra.

—Crroaaaac… Dinos, Rita, ¿qué te trae de nuevo por aquí?

—Esta vez no vengo a pediros un consejo para mí —contestó Rita.

—¡Croacc! —se sorprendió la cuarta rana—. ¿Ah, no?

Rita puso la mano sobre el hombro de Nicolai.

—No. Vengo a pedir consejo para él. Se llama Nicolai y vive en el barrio. Ha venido a vivir aquí hace poco y por eso no os conocía. Ya le he explicado que debe mantener el secreto.

—Crroac —dijo entonces la segunda rana—. ¿Y por qué no nos explica él mismo lo que le sucede?

Rita, que se esperaba la pregunta, respondió con la voz más sincera posible:

—Es que no conoce bien nuestra lengua. Es de Rumanía y lleva muy poco tiempo aquí.

Nicolai puso entonces su cara más lastimera y miró a los animales mientras se encogía de hombros y negaba con la cabeza para corroborar las palabras de la niña.

—Croac, qué pena… –dijo la segunda rana, conmovida por la carita del chaval.

—Sí, eres una buena amiga… crroaccc… por hacer esto –intervino la primera rana.

—Croacccc, ¿y qué le sucede a tu amigo? –le preguntó la cuarta rana.

Nicolai sonrió de oreja a oreja cuando escuchó decir a la rana sabia la palabra "amigo" y Rita comenzó a contar todo el asunto del súper-aspirador y el muñequito. Sin embargo, cambió algo al relatar los hechos. En su narración, Nicolai y su familia eran los protagonistas.

—Y ahora, Nicolai quiere encontrar un muñeco igual al que regalaban con el súper-aspirador para que su padre pueda devolver el aparato y recuperar el dinero –concluyó Rita con cara triste mientras el chaval, con gesto calculado, ponía cara de niño desamparado.

—Croac… Snif… –Se le escapó una lágrima a la cuarta rana.

Dos de sus compañeras clavaron sus ojos saltones en un punto indefinido de la charca para evitar ponerse a llorar y la otra ya se deshacía en un mar de lágrimas.

—Por favor –dijo entonces Rita tomando de nuevo por el hombro al chaval, que persistía en su interpretación–, ¿podéis decirme cómo Nicolai puede encontrar uno de esos maldit… quiero decir raritos muñecos amarillos?

Las cuatro ranas, apenadas, no podían articular croar alguno y fue la quinta rana, la mayor y la más sabia de todas, la que tomó la palabra:

—¡Requetecroaaacc! Rita, nos entristece a todas mucho el hecho de que un niño se encuentre con ese problema… croac… sea quien sea –señaló la rana remarcando las palabras–. Pero el único consejo que podemos darte es que el niño que ha perdido el juguete les cuente la verdad a sus padres.

Rita no se esperaba aquello.

—¡Pero entonces va a defraudar a sus padres!

—¡¡Crrrroac!! –dijo la rana–. Los defraudará más si les miente y no les cuenta lo que le ha pasado.

—Él solo quiere conseguir el muñeco y no ha mentido, eso no es mentir –rebatió la niña mientras señalaba a Nicolai, quien miraba a la rana como excusándose.

Las cuatro ranas más jóvenes se quedaron un tanto sorprendidas por la actitud de la niña, que defendía la postura de su amigo con mucha pasión. Sin embargo, la rana más sabia no se inmutó.

—¡Croaccccc! Rita, has venido a pedir consejo y te lo hemos dado. Si quieres, acéptalo, pero recuerda que este no es un sitio para discutir o rebatir —concluyó antes de dar un salto y desaparecer en el agua. Las otras ranas la imitaron y al instante los dos niños, al darse cuenta de que se habían quedado solos, abandonaron la charca.

Se encaminaron de nuevo hacia el parque en silencio. Las cosas no habían salido como Rita pensaba y la niña caminaba con cara contrariada.

—Entonces, el consejo ha sido lo mismo que lo que te han dicho tus amigos —le dijo Nicolai con timidez.

—Sí —admitió ella—; ellos se han equivocado, al igual que las ranas. Creo que hoy han fallado a la hora de aconsejar —y señaló con el pulgar el lugar de donde venían.

—Pero tú me dijiste… —objetó Nicolai.

—Te dije —le interrumpió ella— que eran unos animales sabios porque son muy mayores —puntualizó—. Lo que ocurre es que algunas veces, en otoño, se confunden. Son muy sensibles y les afecta mucho el cambio de estación.

—Probrecitas –dijo Nicolai.

—No te preocupes, se acostumbran enseguida y se les pasa –respondió ella confiando en que no hubiera ranas sabias como aquellas en Rumanía.

• • •

6

—Oye, Nicolai –le preguntó ella–, ¿qué me dijiste al principio cuando te comenté que necesitaba encontrar un muñeco como el de la imagen?

—Pues que podías ir a preguntar a una tienda de los chinos. Ellos tienen muchos tipos de objetos y juguetes y saben de esas cosas.

—No es mala idea… —aceptó la niña.

Cruzaron el parque y se dirigieron al bazar Xinlong, la tienda que regentaba Liu. Rita y su familia le conocían y tenían una buena relación, ya que a veces iban a hacer compras al local y charlaban con él.

Antes de entrar en la tienda, Rita miró a ambos lados de la calle y se subió el cuello de la cazadora.

—Tápate un poco la cara –le advirtió a Nicolai para que le imitara.

—¿Por qué?

—Porque mis padres o algún amigo suyo pueden rondar por aquí y no quiero que me vean buscando el muñeco.

Los dos amigos entraron en el local y deambularon un rato entre los estantes hasta que los pocos clientes que había se fueron y la tienda se quedó unos instantes vacía. En ese momento la niña hizo una indicación a Nicolai y los dos niños se dirigieron al mostrador donde se encontraban el dueño y su mujer.

—Pssss… oye, Liu.

—Hola, Rita —respondió el hombre, alegre.

—Psssssssst, no hables tan alto, Liu, vengo por un asunto importante que es preciso mantener en secreto.

El tendero puso cara de sorpresa y se quedó mirando al chico que acompañaba a la niña.

—Es mi amigo Nicolai, es de fiar —le dijo ella.

—¿No te habrás metido en un lío, eh, Rita? —le preguntó el hombre.

—En uno pequeño y necesito que me ayudes, pero que no digas nada a nadie.

El tendero dudó un poco antes de hablar.

—Dime de qué se trata y ya veremos.

Rita sacó el dibujo de su bolsillo.

—Buscamos uno como este. Lo necesitamos. En unos días. Precio a negociar. ¿Puedes decirme algo? —le dijo ella de forma telegráfica.

El hombre cogió la ilustración y la examinó detenidamente. Luego levantó la vista y se topó con las miradas de detective de Rita y de Nicolai.

Hizo un gesto a su mujer y salió de detrás del mostrador.

—Seguidme –les dijo.

Liu atravesó la tienda, que era muy larga y estaba repleta de cosas, y llegó hasta una pequeña puerta oculta tras varias filas de vestidos que colgaban de la pared. Los tres pasaron a través de la puerta a un gran almacén donde había aún más mercancías. Lo atravesaron y llegaron al pie de unas escaleras estrechas que subieron para acceder a un cuartito.

El tendero llamó y tras escuchar unos pasos lentos, un anciano les abrió la puerta y los invitó a entrar. La estancia era pequeña y acogedora. El suelo estaba decorado con alfombras, telas y objetos orientales que llenaban el espacio iluminado por la luz de varias lámparas de papel. El señor que les abrió se sentó en una butaca junto a una mesa de madera ligera y sencilla.

Liu se acercó e hizo una reverencia al anciano y presentó a los niños.

—Padre, estos son Rita y Nicolai. Ella y sus padres son clientes que siempre nos han tratado muy bien. Son amigos y buenas personas. Necesitan nuestra ayuda.

Luego se dirigió a los chicos.

—Os presento a Xiang, mi padre, el primero de los Xinlong que vino a vivir a esta ciudad. Es un especialista en juguetes, creo que él podrá ayudaros.

El anciano sonrió a los niños.

—¿Buscáis un juguete en especial? –les preguntó.

—Sí, señor Xiang. Este –respondió ella adelantándose y mostrando el dibujo.

El padre de Liu se puso unas gafas que estaban sobre la mesa y examinó con más

detenimiento del que lo había hecho su hijo la imagen del muñeco. Rita, Nicolai y Liu observaron con paciencia cómo el señor Xiang se fijaba en cada detalle, ayudándose en algunas ocasiones de una gran lupa.

—Hummmm –dijo después de un rato mientras proseguía con su examen–. Es una pieza curiosa… un muñeco extraño… hummmm…

Al momento levantó la vista y miró a los niños y a su hijo.

—Creo que es de fabricación coreana, de las fábricas de la zona de Kaesong. Fabricado hace cinco años. Tirada limitada.

—¿Tiene uno como ese? –preguntó Rita.

—No, y ni siquiera sé dónde podría encontrar hoy uno de ellos. Son unos muñecos difíciles de conseguir. ¿Por qué los buscas?

Rita explicó lo sucedido en su casa a Liu y a su padre y cuando concluyó, les pidió que mantuvieran todo el asunto en secreto.

—Ahora comprendo por qué es tan difícil encontrarlos. No te preocupes, no diremos nada –le prometió el padre de Liu–. Sin embargo, yo también quiero pedirte un favor –agregó–. ¿Podrías dejarme hacer una fotocopia de esa ilustración? –le pidió el anciano.

Al escuchar al hombre, a Rita se le iluminó el cerebro.

—Sí, por supuesto –respondió–. ¿Le importaría hacerme a mí alguna más?

El señor Xiang y su hijo aceptaron la petición de Rita. Luego Liu condujo a los niños a una puerta que daba a un estrecho callejón en la parte trasera de la tienda.

—Saldré por aquí con vosotros, así ningún cliente descubrirá la puerta que conecta el almacén con la tienda.

Los dos amigos salieron a la calle principal y deambularon de nuevo por el parque. Rita guardaba en uno de los bolsillos de su abrigo las tres fotocopias que le había dado Liu, además de la ilustración original.

—Oye, ¿por qué tú le has pedido al señor Xiang que te diera esas copias? —le preguntó Nicolai mientras caminaban pisando las hojas caídas.

—Se me ha ocurrido algo.

—¿Vas a poner un cartel anunciando que buscas uno de esos muñecos? —adivinó el chaval.

—¿No te parece una buena idea?

El chaval se lo pensó antes de llevar la contraria a su nueva amiga, pero finalmente dijo:

—Dices que no quieres que nadie se entere que estás buscando el muñeco y luego quieres poner un cartel para que te den uno.

—Así es, pero puedo pegar un cartel con la imagen del muñeco y luego poner debajo un nombre que no es el mío. Así se lo darán a esa persona y esa persona me lo dará a mí.

Nicolai no comprendió bien y Rita se lo repitió y al final añadió:

—Claro que esa persona debe ser un buen amigo, el mejor.

Nicolai dijo entonces entusiasmado:

—¿Puedo ser yo?

—De acuerdo —le confirmó Rita con una sonrisa—. Pondremos tu número de teléfono y dirección.

—Oh, yo no sé el número de teléfono de memoria ni estoy seguro de mi dirección –repuso el chaval.

—No te preocupes, pondremos el nombre del colegio para que el que tenga uno de los muñecos te busque allí.

Su amigo aceptó de buen grado la propuesta y fueron a buscar un rotulador para escribir en las fotocopias y convertirlas en carteles. Uno de los universitarios que estaba jugando al baloncesto les dejó uno y los dos amigos se sentaron en un banco y comenzaron a escribir.

Nicolai se quedó un rato pensativo y volvió a mirar a Rita.

—¿Qué ocurre? –le preguntó ella.

—Tú me has dicho que debajo de mi nombre vamos a poner que se dará una recompensa cuando me den el muñeco y yo no tengo dinero.

—Oh, Nicolai, no te preocupes por las cosas materiales. Eso no tiene importancia, yo te daré lo que tenga en la hucha.

Y los dos chavales continuaron haciendo los carteles.

• • •

7

—¿A que no sabéis lo que he visto en la tienda donde venden periódicos? —preguntó aquella tarde Martín al llegar a casa y entrar en el salón.

—No me digas que había periódicos —le dijo en broma Mónica.

Rita, que se temía lo que iba a decir su padre, quiso participar.

—O tal vez un león —y luego añadió para intentar desviar el tema—:

Cuando estuve en África con el tío Daniel, hubo un día en que me perdí con el profesor Visconti en medio de la sabana. Y si bien alguno de vosotros pudiera pensar que esos animales no…

—Déjate de leones —le interrumpió su padre—. He visto

un cartel donde aparece uno de los muñecos que regalan con el súper-aspirador. Han fotocopiado la ilustración que venía en la caja y han puesto un anuncio de búsqueda. Je, pone que se dará una recompensa a quien lo encuentre. Lo busca un tal Nicolai.

—¡Qué nombre tan raro…! –exclamó extrañada Rita–. Nunca lo había oído, jamás. Ya ves, ni me imaginaba que pudiera existir un nombre así.

—Pues no es tan extraño –le aclaró su madre–. Hay muchas personas de Rusia y de Rumanía que se llaman así.

—¿Rumanía? ¿Qué es eso? –se extrañó de nuevo la niña.

—¿Qué te ocurre? –le preguntó su madre–. Con lo que te gusta la geografía, no me digas ahora que no sabes dónde está Rumanía.

—Aaah, Ru-ma-ní-a –dijo Rita intentando rectificar. Se daba cuenta de que había ido demasiado lejos con su comedia–. Sí, claro, el país de Europa a orillas del mar Negro. Claro, Rumanía, donde viven los rumanos. Es que tengo tantas cosas en la cabezaaaaa con las asignaturas del colegiooo –se excusó.

Su padre retomó la palabra.

—Bueno, pues ese Nicolai rumano está en un aprieto, porque está buscando uno de los muñecos y no sé si sabrá que son unos muñecos EXCLUSIVOS, imposibles de encontrar. Seguro que le ha pasado como a nosotros, que ha perdido el juguete y quiere recuperarlo para devolver el trasto.

—Sí, seguro que es eso —corroboró Mónica.

Rita intentaba disimular su desasosiego ante la deriva de la conversación.

—Yo no aceptaría ni todo el oro del mundo por entregar nuestro muñeco. Lo único que quiero es quitarme de encima ese trasto que no sirve para nada —dijo Martín.

—Tranquilo, lo vamos a hacer. Rita tiene el muñeco y hay tiempo de sobra —observó Mónica.

A Rita, que estaba sentada en el sofá, se le cayó de las manos el cómic que estaba leyendo. Una de sus piernas había comenzado a temblar a causa de los nervios y se tapó con la manta para que nadie se percatara de su estado.

—Vaya problema que tiene ese Nicolás, ¿eh? —dijo para disimular.

—Nicolai —le corrigió su madre—. Sí, es una faena.

—Eso no nos pasa a nosotros, claro —afirmó la niña mientras se cubría aún más la pierna. El temblor cada vez era más fuerte.

Su madre estaba viendo la tele y Óscar jugaba con unos juguetes cerca de su padre. Este miró a su hija.

—Por cierto, si no estás muy ocupada, puedes darme ya el muñeco.

—¿Ahora? —casi gritó ella.

—Sí, así puedo preparar el paquete mañana y enviarlo el lunes.

— ¿Pero tiene que ser ahora, ahora mismo, en este preciso instante que estamos viviendo?

—Ya te he dicho que si no tienes mucho que hacer, me vendría bien —le respondió su padre.

—¿Hay algún problema? —intervino Mónica.

—¿Problema? Ninguno, ¡claro que no! —exclamó Rita—. Precisamente estaba pensando que sería una buena idea ir a buscar el muñeco a mi cuarto. ¡¡Ha sido cosa de telepatía!! Así, sin más, me he puesto a pensar que sería genial traer el muñeco —dijo con excesiva efusividad.

Pasaron unos instantes y Martín la miró de nuevo.

—Bien, ¿entonces por qué no vas?

Rita, que se había recostado, se levantó de un salto del sofá.

—Ay, qué tonta estoy —dijo mientras se dirigía a la puerta—. Ahora mismo voy, por supuesto.

Rita caminó en dirección a su cuarto mientras buscaba en su cabeza una excusa, o mejor, un cuento que contar a sus padres.

Habían pasado ya varios minutos desde que la niña había entrado en su habitación. Sus padres no tenían noticias de ella ni oían nada por más que aguzaron el oído.

—¡¡¡Oh, noooooo!!! —El grito resonó por toda la casa.

Martín, Mónica y Óscar se precipitaron al cuarto de Rita, que era de donde provenía el alarido. El padre abrió la puerta y los tres se encontraron a Rita cogiéndose la cabeza con las manos.

—¿Qué te ocurre? —se asustó su padre, corriendo a su lado.

—Ni te lo imaginas, papá —respondió ella exagerando—. He venido a por el muñeco y me he dado cuenta de que lo guardé en la mochila que llevo al gimnasio. Justo el otro día me la dejé en mi taquilla. Lo guardé porque sabía que era muy importante para ti —hizo una pausa y luego continuó—: Pero como voy de un lado para otro y estoy tan liada, me confundo de mochilas y de libros de países rumanos y de todo. Creo que me estoy poniendo enferma con tanto estrés.

Martín le tomó la mano.

—No te preocupes. Si lo tienes en el gimnasio, puedes traer el muñeco la semana que viene, aún tenemos tiempo para hacer la devolución.

—Pero es que yo quería dártelo hoy, te lo mereces –protestó ella de modo teatral.

—Olvídalo, lo más importante es que tú estés bien. Lo del muñeco puede esperar.

Óscar se había emocionado con la escena y hacía esfuerzos por aguantar las lágrimas. Mónica, por su parte, tras poner la mano en la frente de Rita se quedó observándola atentamente. Parecía

el señor Xiang mirando el papel con el dibujo del muñeco.

—Voy a llamar a un médico.

—No, mamá –se negó Rita–, no es nada, si ya estoy bien. Bueno, medio bien, en cuanto me tumbe un poquito se me pasará –afirmó súbitamente recuperada.

—La niña tiene razón –intervino su padre con la congoja dibujada en el rostro–. Lo que necesita es descanso.

Mónica no dijo nada. Miró a su hija con gesto serio y abandonó el cuarto en dirección a la sala.

• • •

8

El lunes por la mañana, a la hora del recreo, Nicolai la esperaba junto a las escaleras. Rita iba acompañada de su amiga Berta y advirtió una señal en la mirada del chaval. La niña se disculpó ante su compañera y esperó a que los alumnos bajaran al patio para acercarse a su compinche. Como si fuera un agente secreto en una operación de intercambio de información, Rita se aseguró de que nadie la estaba mirando y se acercó a Nicolai.

—¿Hay algo del asunto?

El chaval le respondió:

—Sí, dos cosas.

—Ajá. ¿Y bien?

—Hay un muñeco en el salón de actos.

Rita dio un salto.

—¿Quééééééé?

—Eso, que está encima de una mesa. Me lo ha dicho uno de mi clase que vio el cartel.

Como empujada por un resorte, Rita dio media vuelta y se dirigió a la escalera que conducía al salón de actos.

—Vamos –dijo sin mirar atrás.

—¡Espera, no podemos cogerlo! –le advirtió Nicolai, que había comenzado a andar a su lado y adivinaba la intención de su amiga.

La niña desaceleró el paso y miró al chaval.

—No digas tonterías. Si está encima de una mesa, no hay más que tomarlo con una mano, cogerlo, así –le explicó haciendo un gesto.

—Comprendo lo que dices, pero no podemos hacer eso.

—¿Por qué?

—Está junto al resto de juguetes que los alumnos del colegio han danado para la subasta para los niños del terremoto que ha ocurrido en el Caribe.

—Se dice "han donado" –le corrigió Rita.

—Bien, pues eso. No podemos coger el muñeco, es para conseguir dinero para los niños pobres del terremoto.

Rita se quedó pensativa.

—Pues pujaremos en la subasta y nos haremos con él –reaccionó–. Es el sábado por la mañana.

Nicolai se sorprendió.

—¿Y cómo vamos a hacerlo?

—Muy sencillo: cuando alguien ofrezca algo, nosotros subimos la oferta. Te lo explicaré en el patio –respondió ella encaminándose de nuevo hacia el lugar donde el resto de los niños disfrutaba del recreo. Luego añadió–: Tendrás que ser tú el que puje por el muñeco, mis padres querían venir y no pueden ver que intento hacerme con él.

—Pero, Rita —objetó Nicolai—, yo no tengo dinero ni muchas cosas que ofrecer.

—Ya te dije que no debías preocuparte por eso, yo te daré lo que tenga en la hucha. Además…

Rita buscó en su cabeza una imagen de las subastas que hasta ese momento solo había visto en alguna película. No tardó en encontrarla y continuó:

—Lo más importante no es la cantidad que ofrezcas, sino la actitud y la seguridad que demuestres.

La niña se inclinó hacia su amigo y lo tomó por los hombros.

—Nicolai, en la subasta tienes que demostrar dominio de la situación y aplomo.

—¿Plomo?

—Aplomo: tranquilidad, confianza y seguridad a la vez. Como si fueras un agente secreto que se las sabe todas y está seguro de que va a conseguir lo que se proponga. Como un ganador.

El chaval miró a Rita con ojos de pajarillo.

—Así es como se ganan las subastas, te lo aseguro, lo sé.

—¿Has ganado muchas? –le preguntó él sin malicia.

—No es necesario ganar subastas para saber cómo funcionan este tipo de cosas –le respondió ella, tomándole del brazo camino del patio–. La madurez

hace que sepas muchas cosas aun sin haberlas vivido. Por cierto, ¿tus padres saben algo de todo esto?

—No –le contestó el chaval–, no he querido decir nada. De todas formas, no vendrán a la subasta el sábado porque tienen que ir a trabajar.

Los dos amigos bajaron las escaleras. Nicolai, con gesto pensativo, preguntándose cómo podría demostrar aplomo y seguridad, y Rita, relajada y contenta, pues pronto iba a ver cumplido su objetivo.

Estaban a punto de salir por la puerta, cuando ella recordó algo.

—Antes me has dicho que había dos cosas acerca del asunto del muñeco y me has contado solo una…

—Sí, lo había olvidado –respondió Nicolai–. Lo otro es que cuando venía esta mañana al colegio, he visto que alguien ha arrancado los carteles del muñeco que pusimos. Me ha parecido extraño.

Rita estaba muy contenta por el rumbo que habían tomado las cosas y no dio importancia al comentario de su amigo.

—No es tan raro, seguro que algún gamberrete los ha quitado; pero no hay de qué preocuparse. Pronto tendremos el muñeco.

Luego los dos chavales salieron al patio. Al momento se mezclaron con los niños que corrían y jugaban en medio de un torbellino de gritos y risas.

• • •

9

—¡Ha ocurrido un desastre! –anunció Rita en la sala poco antes de la hora de la cena con voz compungida y un gesto de profundo dolor dibujado en su cara.

—Ya sabemos que la señora de la tienda de chuches ha subido el precio de los chicles y los regalices –le indicó su padre. Martín estaba sentado ante el ordenador.

—Bueno, dos desastres.

—¿Y cuál es el otro? –le preguntó su madre, que estaba ordenando unos libros en una estantería.

Rita había aparecido por la puerta para hacer el calamitoso anuncio y se había quedado allí plantada. Simuló una profunda rabia antes de engordar la noticia.

—Ha sido una casualidad increíble, inverosímil, pero ha pasado. ¡Qué desgracia!

—Bueno, ¿nos vas a decir qué ha ocurrido tan grave en el mundo que no nos hemos enterado?

La niña cogió aire y lo exhaló a la vez que soltaba el cuento.

—Pues que en el gimnasio donde voy a taekwondo están haciendo una limpieza especial y han movido las taquillas de sitio. Las han guardado todas en un trastero y lo han cerrado con llave.

Al ver que sus padres no reaccionaban añadió:

—Van a estar en el trastero una semana. Y no puedo acceder a mi taquilla hasta entonces.

—No parece tan grave. ¿Tenías algo dentro de la taquilla? –le preguntó su padre.

Ella respondió con un murmullo.

—La mochila con el muñeco…

Martín se levantó de un salto.

—¿El muñeco del súper-aspirador?

—Sí –susurró ella.

Su padre había abierto mucho los ojos e iba a decir algo, pero Mónica intervino y le cortó en seco.

—Estoy empezando a cansarme del dichoso muñequito, sois unos pesados con el tema.

Miró a su marido y le dijo:

—Tú deja de pensar todo el rato en la devolución del súper-aspirador. Rita ha dicho que tiene el muñeco. El plazo era de tres semanas y se acepta la devolución si la hacemos antes de que pase ese tiempo. Quedan varios días, así que hasta entonces olvídate del asunto, por favor.

Luego se giró hacia la niña y la miró con gesto serio. Sus palabras sonaron directas y afiladas.

—Y tú, querida hija –le dijo–, no seas tan exagerada. Ocúpate de estudiar y de ser una buena chica. Deja de dar vueltas a la historia del muñeco. En realidad ese asunto es una tontería, hay cosas más importantes de las que preocuparse.

Al escuchar aquello, Martín miró de forma extraña. El rostro de Rita, en cambio, se relajó. Un gesto de alivio apareció en su cara y sus hombros cayeron ligeramente hacia delante, como si con aquellas palabras su madre le quitara un peso de encima.

"Ha dicho que lo del muñeco no es importante, qué alivio", pensó Rita. La niña miró a su madre con ternura y estaba a punto de lanzarse a sus brazos cuando las palabras que Mónica pronunció a continuación la detuvieron.

—Sin embargo, has dado tu palabra de que tienes el muñeco y nosotros confiamos en ti. Ya no eres una niña pequeña. Organízate como quieras, pero has de darnos el muñeco antes de doce días. Porque tienes el muñeco, ¿verdad?

Rita estaba clavada en el sitio. El rostro de su madre le advertía que no se anduviera con falsas excusas. Estaba impasible ante ella, esperando la respuesta. Podía decir la verdad y dar por zanjado el asunto. Pero eso sería reconocer que había perdido el juguete y que no era capaz de conseguir uno.

—Sí, por supuesto que lo tengo –respondió con gesto faraónico–. ¿No crees que soy lo suficientemente madura como para saber cuándo se cumple un plazo de devolución?

Su padre le miró un tanto sorprendido, pero Mónica ni se inmutó.

—No me vengas con frases grandilocuentes. Has dicho que lo tienes y ya sabes lo que tienes que hacer. Habla menos y actúa como una persona mayor si crees que lo eres –le soltó antes de abandonar la sala en dirección a la cocina.

Rita se había quedado un tanto impresionada por las palabras y el tono de su madre. El orgullo la había empujado a responderle de ese modo, pero una alarma había saltado en su interior. Era un aviso que le advertía de que aquella mentirijilla que había dicho días atrás estaba creciendo como una bola de nieve y podía conducirla a un buen lío. De ese modo, la niña, pensativa, se dirigió a su cuarto.

Óscar la abordó antes de que llegara a la puerta y le repitió atropelladamente lo que le había dicho días antes.

—Ritaescúchameporfavorhellevadoelmuñeco alcolegioyselohedadoalprofesorparalacosaquevana hacerparalosniñospobres.

Fue entonces cuando Rita escuchó más detenidamente aquella retahíla de palabras y cayó en la cuenta. Sus ojos se abrieron como dos ventanas.

"Claro, era eso lo que Óscar quería decirme: ha cogido el muñeco y lo ha llevado al colegio. Se lo ha dado a su profesor para la subasta de juguetes a favor de los damnificados por el terremoto", dedujo.

Hasta entonces no le había hecho caso, lo consideraba demasiado pequeño para comprender ciertas cosas. Ahora por fin se aclaraba todo. El muñeco que se iba a subastar era el suyo.

Si le hubiera escuchado tan solo unos minutos antes, habría sido posible dar marcha atrás. Pero ahora, después de lo dicho a sus padres, debía seguir adelante con su plan. La bola de nieve rodaba cuesta abajo a toda velocidad y ella giraba encima intentando dominarla.

Rita miró a su hermano y le acarició.

—Ya te entiendo, Óscar, has llevado el muñeco al colegio para la subasta. Has hecho muy bien, eres un niño muy bueno –le dijo en voz baja antes de darle un beso cariñoso que el niño recibió con una sonrisa.

—Perdona, tenía que haberte hecho caso antes.

Luego, Rita se encerró en su cuarto y fue en busca de su hucha.

• • •

10

El sábado por la mañana, Rita, que había ido al colegio acompañada de sus padres y su hermano, pidió permiso para ir con sus compañeros y se escabulló entre la multitud de gente que había acudido a la subasta en busca, de Nicolai.

—Pssssssst –le llamó alguien desde una esquina. Se giró y vio a un niño que ocultaba sus ojos tras unas enormes gafas de sol. No lo había reconocido.

—Nicolai, ¿eres tú?

El chico se bajó las gafas y la miró por encima de ellas.

—Claro que soy yo, he pedido las gafas a mi hermano –le respondió.

Se encontraban junto a la escalera, fuera de la vista de las personas que llenaban la entrada.

—Vaya, estás muy guapo –le dijo Rita. Hablaba en serio. El chaval transmitía una elegancia natural.

—No sé si ha sido una buena idea, no veo nada con estas gafas. Me voy a poner las mías.

—Vale. Toma –le entregó un pequeño monedero–, he conseguido veinticinco euros. Puja por el muñeco con seguridad y poco a poco, tal como hemos hablado.

—De acuerdo. Yo también he traído algo.

—Tú no tienes por qué poner nada –se opuso Rita.

—Sí, soy tu amigo –le dijo él.

—Déjalo, en serio, ya me estás ayudando bastante. De todas formas, sobrará casi todo. No creo que nadie ofrezca mucho dinero por el muñeco. Ahora tengo que irme, mis padres andan cerca y no pueden verme contigo. Luego nos vemos aquí. ¡Suerte!

—Hasta luego –se despidió Nicolai, que vio cómo Rita se dirigía hacia la entrada del salón de actos y se perdía entre la multitud.

Los profesores habían subido al escenario del salón de actos las mesas cargadas con los objetos y juguetes que se iban a subastar. Junto a ellas había un sencillo atril con un micrófono donde ya se veía a Anthony, el profesor de inglés. Él era el encargado de ejercer de director de la subasta. A pesar de que en el espacio central de la sala habían colocado sillas para que se sentaran los asistentes, había acudido tal cantidad de personas que mucha gente permanecía de pie alrededor de los asientos.

—Buenos días y gracias a todos por haber acudido a esta subasta benéfica a favor de los damnificados por el terremoto que ha asolado en estos pasados días varios países del Caribe —dijo el profesor anunciando el inicio de la subasta.

Las personas que estaban fuera de la sala entraron y poco a poco el murmullo que imperaba en el salón fue amortiguándose hasta convertirse en un silencio absoluto.

Anthony inauguró la subasta ofreciendo una caja que contenía el barco pirata de Playmobil y pronto varias personas comenzaron a pujar.

Rita estaba sentada al lado de Óscar, junto a sus padres, en una esquina del fondo del salón. Ella pensaba que lo más beneficioso para su propósito era que el muñeco del súper-aspirador saliera a subasta lo más tarde posible, y cada vez que un juguete era adjudicado, miraba con nerviosismo al escenario con el deseo de que el muñeco amarillo no fuera el elegido. Después de un rato levantó la cabeza para buscar a Nicolai entre los asientos, pero no logró dar con él.

El tiempo discurrió a ritmo de ofertas y adjudicaciones. Anthony dirigía la subasta con agilidad y soltura y los asistentes, a excepción de Rita y Nicolai, que miraban con ansiedad al profesor de inglés, parecían pasarlo bien. Transcurrida una hora desde el inicio de la subasta, Anthony pronunció las palabras que Rita y Nicolai tanto habían esperado.

—Y ahora, queridos asistentes, vamos a subastar este simpático muñeco amarillo que me acerca amablemente Ana, la maravilloooosa *teacher* de matemáticas. Gracias, Ana —añadió zalamero.

Había cogido el muñeco con una mano y lo mostraba al público.

—Je, mirad, es el muñeco del súper-aspirador –comentó Martín.

—Qué casualidad, uno como el nuestro –dijo Rita.

Su madre la observaba seria y Óscar, excitado al ver el muñeco, comenzó a señalarlo con el dedo y a gritar:

—¡Nuestroooo… nuestroooo…!

Rita sujetó con fuerza el brazo de su hermano.

—Sííí, Óscar, es como el nuestro. Igualito al que tenemos en casa. Como ya tenemos unoooo, no vamos a coger otroooo, no hay que quererlo todo –le habló con una sonrisa forzada y en voz alta para asegurarse de que le oyeran sus padres.

El niño insistía en levantar el brazo, pero su hermana lo tenía bien sujeto. Para impedir que siguiera hablando, Rita peló dos chicles que

guardaba en un bolsillo y los metió con disimulo en la boca de su hermano. El pobre Óscar fue incapaz de pronunciar palabra mientras mascaba aquella masa dulce con los dientes.

—Vamos a ver si alguien se decide a pujar por este muñeco que es una mezcla de Piolín, Picachu y gato callejero, je, je –dijo Anthony a modo de presentación, antes de dar por iniciada la puja.

—¿Alguien ofrece algo por este fantástico muñeco a beneficio de los niños damnificados por el terremoto?

Una mano se alzó casi de manera automática en cuanto el profesor de inglés dijo la última palabra.

—Vaya, ya tenemos una persona que puja –anunció Anthony–. Nicolai ofrece dos euros por el muñeco.

—Es Nicolai, el que puso el anuncio en la tienda de periódicos, ha venido hasta aquí a por el muñeco –observó Martín.

Mónica no dijo nada, ni tampoco Óscar, ocupado con el chicle, ni Rita, que miraba con tensión al escenario. "Bien", pensó cuando escuchó la cifra.

—¿Hay alguien más que puje por el muñeco? Anímense y piensen que muchos de esos niños se han quedado sin casa –dijo Anthony.

Una mano se alzó hacia la mitad de la sala.

—Muy bien, esa señora ofrece cuatro euros. Es un buen precio, aunque no demasiado si tenemos en cuenta lo bien que vivimos en nuestras casas con calefacción, agua corriente… Sí, Nicolai ofrece seis euros. ¡Bien hecho, chico!

Rita hizo un gesto con el puño y se le escapó un pequeño grito.

—¡Tomaaaa!

Su madre, que no le quitaba el ojo de encima, le lanzó una mirada severa, aunque la niña, absorta como estaba en la puja, no se dio cuenta.

El profesor continuaba intentando animar la subasta.

—Nicolai tiene un alma noble, sin duda quiere gastar su dinero en los más necesitados. No obstante, quiero recordarles que si nos hemos reunido aquí esta mañana ha sido para ayudar y aportar lo que podamos. Veo una mano al fondo… ¡El caballero ofrece diez euros, diez euros, *ten* euros por el muñeco, queridos amigos!

La pequeña mano de la primera fila volvió a levantarse.

—¡Atención, Nicolai ofrece doce euros! ¡Qué gesto tan bonito para los más desfavorecidos!

Martín no podía aguantarse más y se levantó de la silla con la mirada clavada en las primeras filas.

—¿Qué haces? ¿Por qué te levantas? –le preguntó Mónica.

—Quiero verle la cara a ese Nicolai –le respondió él sin dejar de otear los primeros asientos.

Sin embargo, por mucho que lo intentó, el padre de Rita no pudo ver nada, ya que Nicolai era tan pequeño que apenas se le veía, oculto por la silla y por las personas que se sentaban a su alrededor. Ante las protestas de otros asistentes a los que no dejaba ver, Martín tuvo que tomar asiento sin haber visto la cara del individuo que parecía que iba a hacerse con el muñeco amarillo.

—Bien –continuó Anthony–, creo que hemos llegado a un buen precio por el muñeco. Es una cantidad razonable… Aunque, sinceramente, amigos, pienso que aún podríamos hacer un último esfuerzo… ¡Veo una mano! ¡La joven del chándal ofrece quince euros! ¡Quince euros por el muñeco!

Rita no pudo evitar que su cara se contrajera en un gesto de fastidio.

La manita volvió a levantarse.

—¡Nicolai ofrece diecisiete euros! –exclamó el profesor–. Qué hermosa subasta en la que varias personas están intentando hacerse con este muñeco para ayudar a quienes más lo necesitan. ¿Les había dicho ya que, según un estudio de la Universidad de Cambridge, muchos de los gastos que tenemos a diario son superfluos…?

Anthony se interrumpió para exclamar:

—¡El compañero de la joven del chándal ofrece diecinueve euros!

Casi sin darle tiempo añadió:

—¡Veinte, Nicolai ofrece veinte!

Rita sonrió triunfal y dio un bote en el sitio. Su padre, que no apartaba la vista del escenario, observó:

—Como siga así, ese Nicolai va a pagar más por el muñeco que por el súper-aspirador.

Hubo un momento de calma y parecía que ya no iba a haber más ofertas. El profesor tomó de nuevo la palabra.

—Bien, amigos, la subasta está resultando maravillosa y parece ser que el precio de este muñeco se va a quedar en veinte euros…

"No sigas, Anthony, por favor", dijo Rita entre dientes.

—Veinte euros… –continuó el profesor–, vaya cifra. Me recuerda a otra, el tanto por ciento del presupuesto que, según el mismo estudio, gasta una familia al año en caprichos innecesarios –subió el tono de voz y al momento se levantaron varias manos.

—¡Es increíble! –exclamó el profesor de inglés–. Hay gente que está dispuesta a dar más dinero. Ese señor ofrece veintidós… y aquella señora, treinta… pero el señor del fondo ha ofrecido… ¡cuarenta euros! Esa sí que es una buena cifra. ¡Cuarenta euros!

La cara de Rita era el fiel reflejo del horror. Su madre no pudo aguantarse más.

—Parece que te importa mucho lo que ocurre en esta puja por el muñeco –le dijo con el rostro serio y en un tono frío.

La niña intentó ocultar su desconsuelo con una risita desangelada.

—Sí, es que es muy emocionante y me impresiona mucho lo que llega a hacer la gente por unos niños tan pobrecitos.

Parecía que la puja había llegado a su fin. Anthony tenía razón, la cantidad era muy elevada.

—Si están de acuerdo, vamos a cerrar la puja por este curioso muñequito por la cantidad de cuarenta euros…

Algo ocurría en la primera fila, pues varias personas miraban hacia allí y Anthony parecía escuchar lo que alguien le decía.

—Lo siento, Nicolai, no podemos aceptar el reloj ni tus gafas como pago, las reglas son que no se aceptan objetos. Lo lamento –dijo el director de la subasta por el micrófono.

Luego se incorporó y mirando al público dijo:

—Vamos a adjudicar, pues, el muñeco por cuarenta euros…

De nuevo se alzó la pequeña mano y la sesión se interrumpió. Anthony bajó del escenario y se dirigió a la primera fila. Al cabo de un rato subió de nuevo junto al atril y allí discutió unos minutos con algunos profesores. Un murmullo se levantó en la sala y se fue contagiando a través de las filas.

—¿Qué habrá ocurrido? –preguntó Martín al resto de su familia.

Sin embargo, nadie le contestó. Su hija seguía con gran atención los movimientos y gestos de los profesores reunidos en el escenario, y su mujer, con un gesto serio, tenía la mirada clavada en un punto indeterminado de la sala.

Anthony acercó de nuevo el micrófono a la boca.

—Amigos, disculpen esta interrupción. Hemos estado deliberando una oferta que se nos ha hecho en el último momento en la puja por el muñeco amarillo. Es una oferta singular, pero el comité organizador de la subasta ha decidido aceptarla ya que no incumple ninguna norma estipulada. Después de hacer una valoración objetiva, el valor del muñeco amarillo queda establecido en… –El profesor dejó pasar unos segundos para captar la atención de los asistentes antes de añadir–: Treinta y cuatro euros y treinta y tres céntimos más un año de trabajo gratis dedicado a la recogida de papeles y cartones de todo el colegio para llevarlos al contenedor de reciclaje, lo que equivale a ciento cincuenta euros.

El auditorio estalló en una sonora exclamación.

—¡Toma, toma y tomaaaa! –dijo Rita con el puño en alto.

Su madre, al verla, ya no tenía ninguna duda.

—Atención, vamos a cerrar la puja por el muñeco. Queda adjudicado a Nicolai por la cantidad valorada en ciento cincuenta euros, a la una, a las dos…

Entonces ocurrió algo inesperado. La puerta del salón se abrió de repente y antes de que Anthony pronunciara la última cifra, una voz gritó desde el fondo de la sala:

—¡Un momento! ¡Ofrezco trescientos euros por ese muñeco!

Todos los presentes enmudecieron al escuchar la nueva propuesta y buscaron con la mirada a la persona que la había lanzado. Se trataba de una mujer de unos cuarenta años, de curvas rotundas y vestida con elegancia. Su cara, muy seria, mostraba cierto sofoco por la carrera.

Rita notó que en su interior ocurría algo parecido a cuando se pincha un globo. A pesar de lo elevado de la cifra, parecía que nadie en la sala celebraba lo ocurrido.

—Bueno, tenemos una nueva oferta –dijo Anthony, impresionado y desanimado a la vez–. Una mujer ofrece trescientos euros.

Sus palabras volvieron al escenario devueltas por un eco triste. El salón había enmudecido.

—Trescientos euros a la una, a las dos…

Rita cerró los ojos.

—Y trescientos euros a las tres –sentenció Anthony.

La mujer se acercó al escenario y recogió el juguete antes de abandonar precipitadamente la sala.

11

—Ahora sí que estoy metida en un apuro –dijo Rita.

Una vez terminada la subasta, los dos niños se reunieron en la calle. Se encontraban frente al colegio, junto a un pequeño muro. Mientras, el resto de los asistentes acudía al aperitivo que se había servido tras el acto y la mayoría de los niños jugaba en el patio.

Los dos amigos caminaron unos metros hasta que llegaron a un contenedor de basura y allí Nicolai vio algo que le llamó la atención.

—Mira, ¿qué es eso?

Se acercaron y vieron unos trozos desgarrados de tela amarilla.

—Parece…

Nicolai señaló una cosa deforme tirada a su lado.

—Eso es la cabeza. Es el muñeco amarillo de la subasta –dijo el chaval con un hálito de voz.

—El muñeco de la subasta… roto –confirmó Rita, más sorprendida que afectada.

Los restos estaban dispersos alrededor del contenedor. No había duda de que se trataba del mismo muñeco.

—¿Por qué ha pujado por él si solo quería romperlo? —se preguntó en voz alta Rita, que comenzaba a notar el desánimo tras la impresión del hallazgo.

Nicolai se había agachado y observaba los restos con detenimiento.

—Tal vez no sea el mismo muñeco sino otro igual, y es posible que esto esté aquí desde antes de la subasta. Lo han dostrozado todo ello por completo —observó.

Rita iba a corregirle, pero una voz a su espalda los sorprendió.

—Parece que os ha afectado mucho lo de ese juguete.

Se trataba de un joven de mirada esquiva y pelo negro lacio. La nariz pequeña y unos dientes salidos e irregulares daban a su rostro el aspecto de un roedor.

—Mi hermana estudia en ese colegio, como vosotros, imagino. He estado en la subasta y he visto que tenías mucho interés en hacerte con ese muñeco —le dijo a Nicolai.

—Me interesaba —respondió él.

—¿Ya no?

Rita observaba la escena en silencio. Aquel tipo no le daba buena espina y sabía que si demostraban algún tipo de interés, las cosas podían complicarse.

—Sí, pero menos –contestó Nicolai con voz de agente secreto, con aplomo–. ¿Por qué lo preguntas?

El joven, que vestía de forma desastrada una elegante chaqueta negra, tardó unos segundos en contestar.

—Tengo uno aquí mismo –dijo mostrando una bolsa de plástico. Luego metió la mano en la bolsa y sacó el muñeco amarillo.

Rita se quedó sorprendida. Era otro de los muñecos exclusivos.

—Te voy a decir la verdad: me lo encontré hace tres días en una cafetería en el centro de la ciudad. Casualmente, hoy lo he traído porque pensaba regalárselo a mi hermana pequeña; pero he visto en la subasta que puedo sacar algo por él –señaló el joven mirando a Nicolai. Luego añadió–: Quiero los cuarenta euros que has ofrecido por él.

—He ofrecido treinta y cuatro –le corrigió el chaval.

—Lo dejamos en treinta.

Nicolai miró un instante al suelo antes de hablar.

—Yo también te diré la verdad: el dinero que ofrecía no era mío y ya no lo tengo, pujaba en nombre de otra persona. Solo te puedo ofrecer lo que tengo: nueve con treinta y tres.

—De acuerdo.

Tras hacer el intercambio, el joven se alejó y Nicolai, con una sonrisa, le entregó el muñeco a Rita.

La alegría acudió de nuevo al rostro de la niña. Cuando pensaba que había perdido para siempre el muñeco, había logrado recuperarlo con un golpe de suerte. Allí estaba el muñeco amarillo, en su poder.

Se despidieron y quedaron en verse por la tarde en el parque. Se alejaron en distintas direcciones, contentos por diferentes razones. Una, por haber logrado su objetivo, y el otro, una amiga.

• • •

12

Era otoño y los niños del barrio aprovechaban los días cortos y templados como ese para jugar en la calle, antes de que llegara el frío y oscuro invierno.

Cuando Rita llegó al parque vio a Rafa, a Saad, Ane y Javi, pero pasó de largo y buscó a Nicolai. Lo encontró apoyado en un banco, con la mirada clavada en el paseo.

—¿Qué haces? –le preguntó ella a modo de saludo.

—Nada, observo las cosas, me gusta hacerlo, como un personaje de los libros que leo. Tengo que leer mucho para aprender bien vuestra lengua.

—A mí también me gusta leer.

—¿No vamos con tus amigos? –se extrañó Nicolai.

—Todavía no, espera un poco. ¿Quieres ir con ellos?

—Me gusta tener amigos, pero si no te parece bien, nos quedamos nosotros dos. Tú eres mi gran amiga –contestó Nicolai.

Rita lanzó el muñeco al aire y lo cogió al vuelo.

Nicolai se alarmó al ver el muñeco.

—¿Pero qué haces con el muñeco aquí? ¿No se lo has dado a tus padres?

Ella le miró con una sonrisa pícara.

—Mi madre piensa que no lo tengo, que lo he perdido. La sorprenderé mañana cuando se lo enseñe. Además, quiero que ellos también lo vean y se enteren de que lo he conseguido –concluyó tras señalar a sus amigos.

El rostro de Nicolai reflejó cierta preocupación y un amago de enfado, pero una expresión comprensiva terminó por dominarle.

—Rita, es mejor que dejes el muñeco en tu casa. Si quieres, te acompaño. Han pasado cosas muy raras y es mejor que no lo pasees por la calle.

La niña sonrió.

—No te preocupes, no ocurrirá nada.

Sin embargo, el chaval insistió y Rita accedió a ir a casa a dejar el muñeco.

Un coche aparcó junto a una esquina del parque. Un hombre fornido vestido con una gabardina bajó del asiento del pasajero al tiempo que conversaba por un teléfono móvil. El individuo

se apoyó en el coche mientras escuchaba lo que le decían al otro lado del aparato. Al cabo de un momento contestó:

—Sí, llevábamos varios días siguiéndole la pista y hemos dado con ella esta mañana en la puerta de un colegio. La hemos interrogado… Sí, claro que era ella… la ingeniera que robó de la empresa los planos del nuevo modelo de coche…

El hombre hizo una pausa y continuó:

—Nos ha contado que descargó los archivos en un *pendrive* que ocultó dentro de un muñeco. Lo que pasó fue que, camino de su casa, entró a tomar algo en una cafetería y perdió el muñequito.

El hombre escuchó lo que le decía su interlocutor.

—Sí, es sincera, desde luego –prosiguió–. Fue al colegio porque vio en un cartel que alguien buscaba un muñeco igual al suyo. Se enteró de que hacían una subasta para los afectados por un terremoto y que había un muñeco de esos. Llegó a última hora y consiguió hacerse con él, pero lo abrió y allí no estaba el *pendrive*.

La persona al otro lado de la línea preguntó algo y el hombre contestó:

—Nos ha dicho que en el cartel ponía que el que buscaba el muñeco era un tal Nicolai. Imagino que será alguien de otra empresa que se ha enterado de la desaparición de los planos y quiere hacerse con ellos. No… ella no lo conocía… y en la subasta no lo llegó a ver.

El individuo se incorporó y siguió hablando sin sacar la mano del bolsillo.

—Ya sé que su empresa nos ha contratado para recuperar esos planos, pero tiene que asumir los hechos. Esa mujer ha perdido el muñeco y no va a ser nada fácil encontrarlo… Sí, nos ha enseñado una imagen del muñeco… pero a saber dónde puede uno volver a ver…

Un niño pequeño con la cara pecosa y gafas y una niña morena con un peinado raro pasaron en ese momento por delante de él y el individuo, boquiabierto, tapó el teléfono con la mano. Acto seguido se llevó el aparato a la boca y dijo con urgencia:

—¡¡Le llamo después, tengo una pista!!

• • •

13

Un hombre vestido con una cazadora de cuero, delgado y muy moreno se bajó del coche a una indicación del individuo de la gabardina. Los dos niños caminaban alternando sus pasos con saltitos; se movían deprisa y estaban a punto de perderse de vista.

Rita estaba contenta. Por fin había conseguido el muñeco. Aquella era la prueba que confirmaría a sus padres lo que habían dicho: que era una persona madura, capaz de conseguir lo que se propusiera, *infallable*, infalible. Y también se lo confirmaría a sí misma.

A su lado, Nicolai compartía la alegría de su amiga como si fuera él quien hubiera recuperado algo muy deseado.

Habían llegado a un extremo del parque y se disponían a cruzar la calle cuando escucharon una voz a sus espaldas.

—¡¡Chavales, esperad!!

La satisfacción que sentían los había llevado a un estado de felicidad tal que amortiguaba los sonidos de la calle; y no comprendieron que alguien se dirigía a ellos hasta que el hombre les volvió a llamar.

—Chicos, atended, quiero pediros un favor –les dijo el hombre de la gabardina, junto al cual se encontraba el individuo moreno.

El semáforo se había puesto en verde para los peatones y los viandantes comenzaron a cruzar. Rita y Nicolai se habían quedado frente a los dos hombres que se habían acercado a escasos metros de ellos.

—¿Desean algo? –les preguntó Rita.

—Pues sí –le respondió el hombre de la gabardina, que parecía ser el que llevaba la voz cantante–. Nos gustaría que nos dejaras un rato ese muñeco que llevas en la mano.

A la vez que daba un bote hacia atrás, Rita asió con los dos brazos el muñeco amarillo. Nicolai también se sorprendió al escuchar las palabras del desconocido.

—Por favor, solo queremos ver el juguete, enseguida te lo devolvemos –insistió con amabilidad el individuo antes de añadir–: Soy diseñador de juguetes y quiero comprobar cómo es, me gusta mucho. Solo será un momento… por favor.

Rita le respondió con una mirada de enfado. Su boca se había contraído y la expresión de su cara era más explícita que cualquier tipo de negación.

En hombre se inclinó ligeramente hacia ellos.

—Te lo daré en unos minutos.

Al ver el movimiento del individuo, Rita, veloz como un rayo, giró sobre sí misma y cruzó corriendo la calle. Nicolai la siguió al momento. Los dos hombres se habían visto sorprendidos por la rápida reacción de los dos chicos y cuando quisieron seguirlos, se encontraron con el semáforo en rojo. Una multitud de coches comenzó a pasar de forma fluida sin posibilidad de que nadie pudiera cruzar la avenida sin ser atropellado.

El hombre moreno se acercó a su compañero y le dijo algo al oído. Los dos individuos esperaban con cara de contrariedad a que el semáforo les diera paso y observaban a los dos chavales que discutían en la otra acera sin decidirse a tomar una dirección.

—¡No voy a casa, ni hablar! —exclamó Rita—. Esos hombres nos están mirando y pueden ver dónde vivo.

—Es lo mejor que puedes hacer. Si hubieras ido directamente, ya estaríais allí tú y el muñeco. Además… —agregó el chaval—, tal vez ese tipo dice la verdad y solo quiere ver el muñeco.

—Ese no tiene pinta de ser diseñador de juguetes —le cortó Rita, que no conocía a nadie que se dedicara a ello—. No se lo dejaré.

—Entonces hay que hacer algo. Tienes que ocultarte o guardar el muñeco en alguna parte.

—Yo no lo suelto. Sígueme, los despistaremos, conozco bien estas calles y me sé algunos escondites —dijo Rita, y echó a correr.

Las ruedas de un deportivo frenaron. El semáforo se había puesto en verde y los dos individuos vieron cómo los dos chavales se escabullían por una calle estrecha.

—Rita, ten cuidado, no pises los charcos –le advirtió Nicolai, que corría a su lado.

"Qué chico. Estamos huyendo de unos tipos que quieren quitarme el muñeco que tanto me ha costado conseguir y se pone a pensar en que no me manche. Cómo se nota que todavía es un niño", se dijo ella.

Rita condujo a su amigo a través de las calles y dio un gran rodeo para acabar en un estrecho pasadizo que quedaba junto al parque.

—¿Qué hacemos aquí? –preguntó el chaval al ver que su compañera había detenido su carrera.

—Nos esconderemos detrás de los contenedores –decidió ella.

—¡Pero esto es un callejón sin salida! –exclamó Nicolai.

—Aquí no nos encontrarán, no creo que hayan podido seguirnos después de todas las vueltas que hemos dado.

El chaval se quedó observando el lugar. El callejón estaba cortado por una valla metálica muy alta. A pocos metros y al otro lado se extendía el parque. Los contenedores, que se hallaban a unas decenas de metros de la salida a la calle, ocupaban casi todo el espacio que quedaba entre las paredes.

—Vamos, no te quedes ahí mirando –le instó Rita, que se había ocultado tras el contenedor de color azul, al lado de unas cajas de cartón–, escóndete aquí.

Nicolai se colocó junto a su amiga, pegado a la pared. Desde allí vigilaban atentos la entrada al callejón. Estaba anocheciendo y las farolas iluminaban las calles, que se habían secado tras la lluvia de la mañana. Solo se veían algunos charcos en las zonas donde se había acumulado el agua. Fue Nicolai el que, tras bajar un poco la mirada, vio las huellas. Mantuvo la calma y le advirtió a Rita con un gesto. Ella no pudo evitar que sus ojos se abrieran como platos al comprobar el rastro que sus botas mojadas habían dejado en el asfalto.

Al momento las figuras de los dos hombres aparecieron en el callejón.

Los individuos, que habían dado con ellos siguiendo las huellas de las botas de Rita, se quedaron plantados en la entrada del pasadizo. Los dos hombres miraban en dirección a las huellas que se perdían detrás de uno de los contenedores.

—Vamos, salid de ahí, no os haremos daño. Solo queremos que nos dejéis el muñeco. Será un minuto, luego os lo devolveremos.

Nicolai miró a Rita con una expresión de ruego dibujada en la cara.

Ella sabía lo que su amigo quería decirle.

—No se lo daré —susurró ella—. Es mentira que nos lo vaya a devolver. Estoy segura de que ese tipo quiere deshacerse de un súper-aspirador y ha perdido el muñeco.

A pesar de la insistencia del chaval, la niña no hizo caso.

—Tranquilo, tú déjame a mí —añadió—. Me enfrentaré a ellos, soy cinturón rojo fosforito de taekwondo. Me he librado de tipos más peligrosos que estos.

El hombre de la gabardina dio un paso hacia delante.

—No os haremos ningún daño, en serio. Mirad, si estáis asustados, mi amigo se irá y yo os dejaré mi teléfono móvil en prenda mientras examino el muñeco.

—Esperaré a que se quede solo y le haré una llave de las mías —señaló Rita.

Sin embargo, Nicolai ya no estaba a su lado. Se había deslizado pegado a la pared hasta la valla que cerraba el paso.

El tipo moreno había desaparecido y ahora su compañero mostraba su teléfono móvil.

—Tomad, podéis llamar a casa y hablar con vuestros padres mientras examino el muñeco. Por favor, lo necesito.

La niña, con un gesto de desafío dibujado en su rostro, hizo un ademán de salir de su escondite, pero una voz la detuvo.

—Rita, por aquí.

Nicolai había encontrado un pequeño hueco en la valla y se había colado por él y, desde el otro lado, sostenía la tela metálica con fuerza para que su amiga pudiera pasar por el minúsculo agujero.

Rita hizo caso a su amigo y se olvidó de la lucha y corrió hacia el espacio que quedaba entre la valla y el suelo.

El hombre advirtió lo que pretendían los chavales y a su vez echó a correr en su dirección.

Rita estaba a punto de llegar al hueco que le abría Nicolai. Era muy pequeño y en plena carrera comprendió que tendría que arrastrarse para pasar por él. Debería apurar al máximo. Por ello y para no perder el muñeco, lo lanzó por encima de la valla y se escurrió por el espacio que le franqueaba su amigo. A pesar de que tuvo que esforzarse y empujar con fuerza, logró pasar gracias a la ayuda de Nicolai.

Los niños sabían que era imposible que sus perseguidores pasaran por allí. También lo sabía el hombre de la gabardina, que había observado con gesto desesperado cómo ella atravesaba la valla.

—Vamos, Rita –le instó Nicolai–, larguémonos.

—Espera, he de recuperar el muñeco, ha caído por aquí –le respondió ella mientras buscaba en el suelo.

—No está en el callejón, tiene que haber rodado y caído en ese lado del parque –repuso él–. He mirado bien.

Echó un último vistazo antes de hacer caso a su amigo y abandonar el callejón. Era cierto: allí no estaba el muñeco.

Salieron a un espacio del parque junto al que había una farola y examinaron los alrededores. Sin embargo, tampoco allí dieron con el muñeco amarillo. Había desaparecido.

—¡Maldita sea, alguien me ha quitado el muñeco! –exclamó Rita con rabia a la vez que daba un puñetazo al aire.

• • •

14

Para su sorpresa, su padre no volvió a mencionar el asunto de la devolución del súper-aspirador y, por tanto, del muñeco. Parecía que lo hubiera olvidado de repente. Mónica tampoco lo mencionó, aunque Rita notaba que su madre la miraba con gesto serio y la niña percibía la tensión.

"Mamá no se cree que tengo el muñeco y papá está disimulando", pensó ella una noche en su cuarto mientras, metida en la cama, le daba vueltas al tema. "He de emprender una nueva búsqueda. Aún quedan siete días de plazo para devolver el cacharro", concluyó antes de sumergirse bajo el edredón y zambullir su mente en el océano de los sueños.

Rita había perdido el dibujo del muñeco y, por mucho que lo intentó, no encontró un modo práctico de buscar de nuevo el juguete. Se sentía sin energía y sin ideas. Sola en el podio de la madurez al que creía haber subido. Y allí arriba, por encima de los demás, no había nada que compartir. Sin embargo, a pesar de todo, no quería bajar. Pensaba que había alcanzado una meta y su orgullo le impedía recapacitar y dar un paso atrás.

Buscó a Nicolai en el parque y en el colegio, pero no dio con él. El tiempo pasaba y el plazo para devolver el súper-aspirador se agotaba poco a poco. Los colores ocre, amarillo y siena de las hojas caídas cubrían el paseo del parque como pinceladas trazadas por un pintor.

Un día, al salir de clase de taekwondo, Rita dio un rodeo para regresar a casa y pasó junto al callejón donde Nicolai y ella escaparon del hombre de la gabardina. Vio los contenedores y cuando miró al otro lado de la valla, reparó en la pequeña figura de Nicolai.

—¿Qué estás haciendo aquí? –dijo a modo de saludo cuando llegó a su lado.

Nicolai miraba pacientemente a la porción de tierra que había delante de él y la presencia y las palabras de la niña le pillaron por sorpresa.

—Ah, hola, Rita. Estoy observando.

—¡Vaya, qué bonito, es un paisaje precioso, algunas hojas y un poco de tierra donde antes había hierba!

—¿Estás enfadada? –le preguntó el chaval, que notó un deje irónico en el tono de su amiga.

—Pues ya que lo preguntas, te diré que sí. Me dijiste que querías ser mi amigo y que me ibas a ayudar a conseguir un muñeco, y no sé si recuerdas que una vez logré dar con uno y lo perdí. Necesito uno de esos muñecos y mientras yo no paro de darle vueltas a la cabeza para tratar de encontrar uno, tú desapareces y te dedicas a mirar al suelo —le reprochó.

—Estoy buscando el muñeco.

—¿Aquí plantado?

—Sí, observando.

—No lo entiendo.

—Se necesita parciencia.

Rita abrió las manos para exclamar:

—¡Se dice "paciencia" y yo no puedo tenerla, el plazo para devolver el súper-aspirador termina en cuatro días, necesito encontrar uno, el que cayó por aquí se lo llevaron!

—Creo que tal vez pueda encontrarlo.

—¿Cómo? ¿Tirando el atún de tu bocadillo al suelo? ¿Es que no te gusta?

—Me gusta mucho, pero necesito tiempo para… –intentó explicarse Nicolai.

—¡No tengo tiempo! –le cortó ella–. Tal vez cuando crezcas entenderás lo valioso que es…

—Yo entiendo, pero tienes que escucharme.

—Lo siento, estoy muy ocupada –concluyó Rita a la vez que se marchaba.

Rita estaba cambiada. Tal vez se debía a aquel proceso de "cleopatrización". El caso es que su preocupación por comportarse como una persona mayor y la obsesión por encontrar el muñeco habían hecho que no quedara rastro de la niña que en realidad era.

15

Pasaban los días y Rita, aislada y paralizada por la tensión y la ansiedad, era incapaz de dar un paso para buscar el muñeco. En casa nadie había vuelto a sacar el tema, y ella veía, impotente, cómo las jornadas se sucedían y las hojas seguían cayendo de los árboles.

El sábado por la mañana, dos días antes de que se cumpliera el plazo, su padre regresó de la calle con el periódico, el pan y una noticia.

—Rita, me he encontrado con Liu en la panadería y me ha dicho que te pases por su tienda. Su padre tiene algo para ti —le anunció.

Aquello le sorprendió un poco, pues no recordaba haber pedido nada al señor Xiang. Se puso las botas y ya se disponía a bajar cuando sonó el telefonillo.

—¿Quién es? —preguntó ella, que estaba junto a la puerta.

—¿Está Rita? —dijo una voz a pleno grito.

—Soy yo. ¿Quién eres?

—Nicolai. Tengo una cosa para darte a ti.

—¿Qué cosa?

—Baja rápido y yo te lo digo.

La cara de Rita se iluminó y, sin tiempo para analizar la casualidad de aquel día en que a todo el mundo le daba por regalarle cosas, bajó las escaleras a todo correr.

—¿Sabes algo del muñeco? –le preguntó al chaval en cuanto abrió la puerta del portal.

—Sí –respondió Nicolai–. Ven, sígueme –añadió con un gesto de la mano.

Corrieron en dirección a la zona del parque que quedaba junto al callejón y allí el chaval aminoró la marcha. Se giró hacia Rita.

—El día que escapamos del hombre en el callejón, después de llegar aquí estuve observando el suelo alrededor de la farola.

Ella le hizo un gesto para que continuara mientras caminaba a su lado.

—No escuchamos ningún ruido ni pasos y se me hacía poco fácil pensar…

—Difícil.

—Eso, era difícil pensar que una persona se hubiera llevado el muñeco.

—Ya, pero ¿quién iba a hacerlo, entonces? –preguntó ella.

—Te lo explico ahora –le dijo el chaval–. Miré alrededor y vi unas huellas en la tierra húmeda, me fijé en ellas y las memoricé. Los siguientes días, en las horas del recreo, fui a la biblioteca del colegio para buscar en libros y en el ordenador el tipo de animal que pudo dejar ese tipo de huella.

Nicolai había llevado a su amiga a unos matorrales muy tupidos que quedaban junto a una pared.

—Me costó encontrarlas porque no sé buscar bien, pero al final descubrí que eran huellas de gato. Por eso le pedía a mi madre que me pusiera atún para merendar . Luego he venido todos los días junto a la farola y lo dejaba en el suelo. Cuando venía un gato a por el atún, yo le seguía hasta descubrir su nido.

—Se dice "casa" o "refugio" —le ayudó Rita.

—Sí, buscaba dónde vivían. He seguido a varios, hasta que ayer encontré este… —el chaval apartó la maleza con una mano y dejó a la vista una pequeña madriguera de donde salió disparado un gato al notar su presencia. Había algunos cartones, una pelota de tenis y junto a la pared… ¡el muñeco del súper-aspirador!

El niño se inclinó y cogió el juguete y se lo dio a su amiga, quien lo recibió con una sonrisa.

—¿Cómo has pensado todo eso? —le preguntó sorprendida Rita.

—Con paciencia, observando —contestó el chaval.

—Sí, pero si yo miro, no se me ocurren esas cosas.

—Te dije que me gusta leer para aprender vuestro idioma. Leo todos los libros de Sherlock Holmes, me gusta mucho, es marovilloso.

—Maravilloso.

—Eso, maravilloso, muy bonitos. Me gustan las historias de detectives.

Rita se acordó de sus padres y una sonrisa de triunfadora se dibujó en su cara. "Je, je, mamá se va a llevar una sorpresa", pensó.

—¿Estás contenta? –le preguntó Nicolai.

—Sí, claro –respondió ella satisfecha.

—Es mejor que guardes ahora el muñeco y lo lleves a casa para que...

—Oh, espera, me ha dicho mi padre que Liu también quiere darme algo, tengo que pasar por su tienda.

—Pero yo creo que...

—No te preocupes, Nicolai. Iré a la tienda. El señor Xiang quiere regalarme algo y no quiero hacerle esperar –sentenció Rita–. ¿Me acompañas?

Nicolai aceptó la propuesta y se encaminaron al bazar de Liu.

Sin embargo, el chaval se sentía incómodo.

Alguien podía verlo... y alguien lo vio.

• • •

16

—¡Niña, déjame ver ese muñeco! —escucharon que exclamaba una voz.

En un primer momento Rita no la reconoció.

—¡Ven aquí, creo que ese muñeco es mío! —dijo la voz, esta vez en un tono histérico.

Ahora sí sabía quién era.

—¡Es la mujer que te ganó el muñeco en la subasta! —gritó a la vez que se volvía hacia Nicolai—. ¡Larguémonos de aquí!

La señora los había visto mientras salía de la panadería cargada y se dirigía a un coche aparcado. Al ver huir a los chavales dudó en acercarse al vehículo para dejar lo que llevaba y, tras unos instantes de vacilación, tiró los pasteles y las barras de pan por los aires y se lanzó a la carrera tras los niños.

—¡¡¡Esperad, dadme ese muñeco!!! —les gritó.

Sin embargo, para entonces los dos amigos ya habían doblado la esquina y se dirigían a toda velocidad a la tienda de Liu. En unos segundos alcanzaron la puerta y entraron.

Liu se alegró de ver a Rita y a su amigo y con discreción, a pesar de que había varios clientes, les hizo pasar por la puerta oculta al almacén.

El señor Xiang se encontraba junto a unas cajas abiertas que contenían *tuppers* y estaba examinando la mercancía.

—Hola, Rita, hola, Nicolai, me alegro mucho de volver a veros —les saludó con una sonrisa. Luego hizo un gesto a su hijo y este regresó a la tienda y les dejó solos en el inmenso almacén.

Los chavales le saludaron y antes de que les diera tiempo a decir nada más, siguieron al anciano, que había comenzado a moverse entre los pasillos llenos de objetos.

—Tenía muchas ganas de veros. Tengo una cosa para ti, Rita. Imagino que recuerdas que te pedí que me dejaras hacer una copia del muñeco que habías perdido. Aquel muñeco me pareció curioso y me gustó mucho, y pensé que tal vez a los niños les resultaría tan simpático como a mí.

A pesar de que estaba ansiosa por contarle al señor Xiang que ya había conseguido uno y lo tenía en la mano, la niña, por educación, prefirió no interrumpir al padre de Liu. Él sí que era maduro. El comerciante continuó hablando.

—Pues bien, envié una de esas imágenes a un pariente y él ha podido contactar con la empresa que los fabricaba.

El señor Xiang se había detenido junto a una gran estantería de metal que estaba cubierta por un plástico de color azul. El anciano tomó una esquina del plástico y tiró con suavidad a la vez que decía:

—Hemos conseguido que vuelvan a fabricar algunos más para nosotros.

El plástico había caído al suelo y el señor Xiang sonrió al ver la cara de los niños.

—Oooooooooh —exclamó Rita.

—Aaaaaaah —no pudo evitar decir Nicolai.

Cientos de muñecos como el del súper-aspirador llenaban las baldas de la gran estantería. Los dos niños estaban sorprendidos.

—Puedes coger uno, Rita, así tu padre podrá devolver el aparato y recuperar su dinero.

Nicolai se había adelantado y observaba los juguetes mientras Rita charlaba con el anciano, a quien había cogido de la mano.

—Gracias, señor Xiang, pero ya tengo uno —y le mostró el que tenía.

—Vaya, esto sí que es una sorpresa. En fin, me alegro de que lo hayas recuperado. ¿Os apetece tomar un té y unas pastas? —les invitó.

Rita aceptó de inmediato, pero Nicolai, que no dejaba de observar los muñecos, contestó:

—Primero me gustaría ver un poco más los juguetes nuevos que han hecho para vosotros. Rita, ¿me dejas el tuyo un momento?

Su amiga le dio el muñeco y ella y el anciano se dirigieron a una pequeña cocina que había al fondo del almacén.

Apenas habían entrado en el habitáculo, cuando escucharon el sonido de la puerta que daba al callejón. El señor Xiang y Rita salieron al almacén y se encontraron con algo que no esperaban.

—Liu, ¿quién es esa señora? Te he dicho que no me gusta que nadie entre en nuestro almacén si no es un amigo de la familia –le dijo en tono de reproche el anciano a su hijo.

El tendero se excusó.

—Padre, esta mujer me ha preguntado por Rita y Nicolai, dice que es su profesora y que ha ocurrido algo muy gordo y tiene que hablar con ellos urgentemente.

Esta vez la niña la reconoció a la primera.

—Eso no es verdad, esa señora no es nuestra profesora, ¡¡¡ella quiere quitarme mi muñeco!!!

—Liu, ¿qué te ha dicho ella? –Ahora las palabras del señor Xiang sonaban a regañina.

—Que los buscaba... –balbució Liu mientras recordaba lo ocurrido segundos antes en la tienda–. A un niño pequeño con gafas y pecas y a una niña morena con un peinado raro... pero no me dijo sus nombres –concluyó, cayendo en la cuenta del engaño.

El señor Xiang se había adelantado y con gesto muy serio se plantó frente a la señora.

—Explíquese.

La mujer, impresionada por el anciano, tomó aire y habló con gesto sereno.

—Es cierto, he mentido, no soy su profesora, lo siento. He perdido un muñeco amarillo exactamente igual al que tiene la niña y creo que el que tiene ella es el mío. Es muy importante para mí recuperarlo.

El señor Xiang miró a Rita. Ella, muy seria, dijo:

—Yo también perdí uno y me ha costado mucho recuperarlo. No pienso dejárselo a nadie, ni siquiera un minuto.

Los labios de la mujer se fruncieron y en su cara se dibujó un gesto de furia dirigido a Rita.

—No hay por qué preocuparse —señaló entonces el señor Xiang, más calmado aunque aún molesto por la presencia de la intrusa. Se había aproximado a la gran estantería—. Puede coger uno de estos —agregó dirigiéndose a la mujer.

Ella se quedó sorprendida al ver aquella cantidad de muñecos, todos iguales.

—Yo necesito el que tenían ellos —objetó.

Instintivamente, el señor Xiang y Rita miraron a Nicolai, que era el último que había tenido el muñeco en las manos.

—Je, yo es que... me he asustado al ver entrar a esta mujer que nos seguía y lo he dejado por aquí

–dijo el chaval con una sonrisa tímida de excusa a la vez que señalaba varios estantes.

—¿Dónde? –preguntó alarmada la mujer.

—En uno de estos, más o menos…

Liu se acercó a la mujer con gesto serio, pero fue su padre quien intervino.

—Señora, ha entrado con engaños en nuestro almacén y está molestando a nuestros amigos. Aun así, debido a que percibo la grave angustia que le causa la pérdida del juguete, le voy a permitir que coja uno de los muñecos de la estantería. Luego abandonará nuestra casa.

La mujer aceptó la propuesta y se acercó a la estantería. Miró fijamente las baldas que había señalado Nicolai y observó los muñecos con detenimiento.

Hizo ademán de coger uno, pero la voz del señor Xiang le advirtió:

—El que toque es el que se lleva.

La mujer retiró el brazo de golpe y lo mantuvo flexionado, con la mano inerte delante de su pecho. Examinó una vez más las filas de muñecos. A pesar de que Nicolai había señalado tres baldas, allí había decenas de ellos.

Parecía que no se iba a decidir nunca. Sus ojos fríos y calculadores miraban los muñecos en busca de una señal, y su boca apretada en un gesto contraído reflejaba una tensión casi dolorosa.

Un carraspeo sonoro de Liu rompió el tenso silencio.

El señor Xiang, Rita y Nicolai observaban a la mujer inmóviles y ella entendió que el tiempo se le agotaba y tenía que decidirse.

Se inclinó sobre uno de los estantes y, tras un último examen, alargó una mano, cogió uno de los muñecos y lo metió en su bolso.

—Por favor… –le invitó a salir Liu con un gesto de la mano.

La mujer dio las gracias con frialdad al señor Xiang y abandonó el almacén.

17

Liu regresó a la tienda y el señor Xiang, Rita y Nicolai se quedaron en el almacén.

—La actitud de esa señora es extraña —observó el anciano.

—Bueno, no se crea, lo de los súper-aspiradores vuelve un poco loca a la gente —repuso la niña.

Los tres estaban frente a la estantería. Cientos de caras amarillas les sonreían desde los estantes.

Rita miró la hora en un reloj que colgaba de la pared.

—Creo que no podré tomar el té, señor Xiang, tengo que irme a casa, lo siento —dijo agradecida—. He de coger uno de los muñecos. A mí me da igual, todos son iguales...

Nicolai hizo un gesto.

—Espera, Rita —la detuvo cuando ella ya había alargado la mano—. He observado bien los muñecos... y no son como el tuyo.

Ella pareció sorprenderse.

El chaval cogió uno de los juguetes.

—Mira —le dijo mientras señalaba el muñeco—, la oreja derecha de estos que han fabricado ahora es un poquito más corta y los mofletes son menos abultados.

El señor Xiang sonrió.

—Muy bien, Nicolai, veo que eres un buen observador. Los fabricantes han cambiado algunas cosas, aunque de un modo minúsculo. Es cierto lo que dices.

El chaval aceptó con timidez el halago del anciano y se volvió hacia su amiga.

—Recuerda que para que a tu padre le reintegren el dinero debe devolver exactamente el mismo muñeco.

Rita comprendió que su amigo tenía razón y en su cara apareció un gesto de urgencia.

—Lo has escondido, ¿verdad?

—No, lo buscaré si te parece bien —se ofreció Nicolai.

—¿Cómo? ¿No recuerdas dónde lo dejaste?

—No, pero intentaré dar con él.

El chaval examinó los estantes y con mirada concentrada buscó una variante en las orejas y en los mofletes entre aquella gran cantidad de muñecos. Como un detective experimentado y paciente, atento al mínimo detalle, Nicolai barrió con la vista de forma exhaustiva las filas de muñecos. El señor Xiang observaba al niño con interés y cierta serenidad; sin duda confiaba en él.

La cara de Rita, en cambio, era el reflejo del pavor.

Nicolai detuvo la mirada en un muñeco determinado y se llevó una uña a la boca. Rita se tapó los ojos con una mano.

—Es este –dijo el niño a la vez que levantaba uno de los muñecos.

—¿Me dejas verlo? –le pidió el señor Xiang.

Nicolai le dio el muñeco y, tras examinarlo, el anciano dictaminó:

—Muy bien, has acertado, Nicolai.

Rita resopló con alivio y cogió de nuevo el muñeco.

—Gracias por todo, señor Xiang, ha sido muy amable. Espero que los muñecos se vendan muy bien. Tengo que ir a casa y darle el muñeco a mi padre —se despidió la niña mientras se encaminaba hacia la puerta que daba al callejón.

—Gracias —dijo el niño.

—Hasta pronto y buena suerte —replicó el anciano, que, apoyado en un estante, los vio desaparecer por la puerta.

Esta vez Rita llevaba el muñeco sujeto con las dos manos y pegado al cuerpo.

—Voy a casa a dejar el muñeco y dárselo a mi padre cuanto antes, no quiero volver a perderlo —le dijo a su amigo cuando salían a la calle principal.

— Te acompaño —se ofreció Nicolai.

Los dos chavales enfilaron la calle donde se encontraba la frutería e iban a doblar una esquina, cuando la mujer que les había intentado arrebatar el muñeco los adelantó y se plantó delante de ellos.

—Dadme ese muñeco.

Nicolai dio un paso adelante y se interpuso entre la señora y la niña.

—No hablar de eso.

"Se dice ni hablar de eso", pensó Rita, pero no dijo nada.

—Usted ya tiene el suyo, este es de mi amiga —terminó la frase el niño.

—El que he cogido no era el mío, creo que es ese –replicó la mujer señalando el muñeco que apretaba Rita contra su pecho–. ¡Ven aquí! –gritó abalanzándose sobre la niña.

Rita hizo una finta y esquivó a la mujer, que perdió el equilibrio y cayó al suelo.

—¡Vamos!

Los dos niños echaron a correr y se escabulleron por la siguiente calle. Sin embargo, la mujer se había repuesto de la caída y los siguió con presteza. Aunque era de complexión fuerte, corría con celeridad y poco a poco fue recortando la ventaja que le habían sacado los niños.

—Mira, nos sigue y se está acercando –avisó Nicolai a su amiga.

—Debe de ir a un buen gimnasio –comentó ella–. Tranquilo, tú sígueme.

Rita miró al suelo y, tras comprobar que no había ningún charco, aceleró el paso y se metió por una calle poco transitada y luego torció de manera inesperada por un pasadizo. Nicolai la seguía a duras penas y entre resoplidos aguantaba el paso de su amiga. La niña se encaminó por la calle donde se encontraba el centro de salud.

Rita miró hacia atrás con satisfacción y fue bajando el ritmo de su carrera hasta pararse.

—Je, je, mira, no ha podido aguantar nuestro ritmo –dijo mientras con una mano sostenía el muñeco y con la otra se sujetaba la cadera. Se había dado la vuelta y vigilaba la dirección por donde debía haber aparecido su perseguidora.

Sin embargo, no oyó ningún comentario.

—Corremos mucho más que ella… je, je –insistió la niña.

Al instante escuchó la voz de Nicolai:

—Rita… creo que ahora tenemos otro problema.

—¿Ah, sí? –preguntó ella.

—Sí; mira.

La niña se giró y vio a escasos centímetros de ella al hombre de la gabardina. Rita dio un salto hacia atrás, pero se chocó con algo duro. El compañero del detective les había cerrado el paso por ese lado.

—¡No te lo daré, es mío! —aulló Rita dirigiéndose al hombre de la gabardina.

El tipo hizo una señal de calma a su acompañante y se inclinó hacia la niña.

—Tranquila, solo quiero ver el muñeco unos minutos, te lo devolveré.

—¡¡No quiero dejárselo!!

—No tienes por qué tener miedo.

—¡¡No tengo miedo, quiero que me deje en paz!!

Nicolai se había quedado a un lado y observaba la escena mientras con el rabillo del ojo vigilaba los movimientos del hombre moreno. A pesar de ello, al chaval no le pasó inadvertido el rugido lejano de un motor.

Parecía que un camión se acercaba por la carretera. Debía de ser grande, pues el sonido ronco se iba adueñando de la calle. El asfalto comenzó a vibrar ligeramente.

—Dame el muñeco un momento, por favor –insistió el hombre.

—¡¡Que no, pesado!! –reiteró Rita.

El individuo alargó la mano en dirección al muñeco y Rita, que sabía que tenía al hombre moreno detrás, se volvió a Nicolai y le gritó:

—Toma, ¡cógelo!

La niña lanzó el muñeco con fuerza y a cierta altura y Nicolai, el pobre Nicolai, tan bajito como era, a pesar de que estiró el brazo todo lo que pudo, ni siquiera lo rozó.

El muñeco rodó por el asfalto y quedó en medio de la carretera. El ruido atronador del motor

hizo que todos levantaran la vista en dirección al vehículo. Era un tráiler de al menos treinta toneladas y sus ruedas tenían la altura de un niño y la anchura de seis. Se aproximaba a gran velocidad.

Los dos hombres y los niños se quedaron boquiabiertos al ver cómo una de las ruedas del camión pasaba por encima del muñeco y lo destrozaba.

• • •

18

A la vez que el muñeco, algunas ilusiones quedaron fulminadas junto al asfalto. Después de que el tráiler se alejara por la carretera, el hombre de la gabardina y su compañero se encaminaron por una calle. Luego se montaron en un coche y desaparecieron.

Nicolai estaba desolado.

—Lo siento, Rita, no he podido cogerlo… –logró decir con dificultad.

La niña no respondió. Su mirada ensimismada no dejaba traslucir ningún sentimiento.

—Yo lo he intantado, he estirado la mano, pero no he podido…

—Me voy a casa –dijo ella como ausente.

—¿Te acompaño?

—No.

Rita se alejó y Nicolai, cabizbajo, se quedó allí sentado en el bordillo de la acera.

Sus padres y su hermano la esperaban para comer y ella se sentó a la mesa con la misma mirada abstraída con la que había entrado por la puerta y con la que luego apenas comió dos bocados. Las voces de sus padres y su hermano resonaban en sus oídos remotas, como ecos lejanos de otro mundo.

Mónica se había fijado en ella. Sabía que algo le había ocurrido y no insistió a pesar de que su hija pidió permiso para irse a su cuarto sin tomar el postre. Rita caminó por el pasillo como quien se adentra por un túnel y entró en su habitación.
Se dejó caer en la silla, con la mirada fija la pared.

Al ver los restos amarillos del muñeco en la carretera comprendió que todo había terminado. La bola de nieve había estallado. No había sido capaz de conseguir el juguete que tanto deseaba; había perdido. Ella lo supo entonces y no quiso ir a pedir al señor Xiang uno de los muñecos de imitación

para intentar engañar de nuevo a su padre. Estaba cansada de mentiras: diría la verdad.

No supo cuánto tiempo había pasado en su cuarto, cuando se levantó del asiento para dirigirse al salón. Allí se encontró a sus padres sentados en el sofá, quienes, al verla acercarse, supieron que Rita quería hablar.

—Hola –saludó con mirada alicaída–. Quiero deciros algo.

Martín abrió la boca, pero a una señal de Mónica la cerró sin articular palabra.

—No tengo el muñeco del súper-aspirador –continuó ella–. Lo siento. Cuando papá me dijo que lo necesitaba, lo busqué, pero no lo encontré en mi cuarto y os mentí cuando dije que lo tenía. Óscar lo donó para la subasta a favor de los niños del terremoto y yo intenté recuperarlo, sin conseguirlo.

Su padre aprovechó que su mujer había bajado la guardia y señaló:

—Pero si era ese Nicolai el que quería comprarlo, y una mujer también…

—Nicolai pujaba por mí, es un niño que conozco, es nuevo, ha venido hace poco… de Rumanía.

—Ya decía yo que…

—Calla, déjala seguir –le interrumpió Mónica.

La niña retomó la palabra.

—He intentado por todos los medios conseguir un muñeco igual, pero no lo he logrado

y papá no podrá devolver el súper-aspirador ni recuperar el dinero –Rita apretó los labios y dijo las palabras que por un momento pensó que nunca diría–: Lo siento, no lo he conseguido, he fallado.

—Sí, es verdad –intervino su madre, seria–, pero no porque no hayas conseguido el dichoso muñeco.

Rita levantó la cabeza.

—Has fallado porque nos has mentido y, a pesar de que el tiempo pasaba, al no decir la verdad has aumentado la mentira –concluyó su madre.

—Pero lo hice porque quería demostraros que era capaz de conseguir el muñeco, tal como me había propuesto. He crecido.

Su madre la miró con ironía.

—¿Ah, sí?

—Sí. Os escuché desde el pasillo, dijisteis que era muy madura y es verdad –repuso ella.

—¿Y te crees que eso te hace más interesante?

—Más o menos…

—Rita, no creas que por ser mayor vas a ser mejor. No lo serás si no creces.

Rita no entendía del todo.

—Crecer no es obsesionarse con un objetivo y conseguirlo, ni estar segura de todo. Crecer es aprender siempre, tener curiosidad y conocer cosas nuevas. No nos importa el muñeco, Rita.

La niña empezaba a comprender.

—Nos importa, y mucho… que confíes en nosotros –concluyó su madre.

Su padre añadió algo más:

—Yo también fallé, no debí haber dicho aquellas frases hechas que escuchaste. No queremos

que te conviertas en alguien que se cree que lo sabe todo, ni que te creas mejor que otros por conseguir un muñeco exclusivo… Nos quedaremos con el súper-aspirador.

Rita escuchaba y los miraba sin ver. Ahora se daba cuenta de todo. Sus padres seguían hablando, pero ella tenía la cabeza en otro sitio. Sus ojos estaban muy abiertos y ante ellos, como una película, fue apareciendo una serie de imágenes.

—Nos importas tú, aunque falles –le dijo su madre.

Pero la voz de Mónica era un rumor ante la cascada de acontecimientos que se recreaban en su cabeza. Rita vio a sus amigos de África y de Groenlandia. También vio a sus compañeros del colegio y vio y creyó escuchar a su tío Daniel y recordó sus palabras y sus consejos.

Sabía lo que vendría después… y así fue… vio a las ranas sabias y recordó su consejo, el mismo que le habían dado sus amigos: Rafa, Saad, Ane y Javi, que también desfilaron ante ella, así como su hermano Óscar, a quien no quiso escuchar…

Sus padres susurraban unas palabras. Se encontraba entre los brazos de su madre y sentía su calor, pero de un modo lejano, porque ante sus ojos grandes y húmedos como dos granadas maduras y dulces apareció la figura de un niño, pequeño y tímido, con unas gafas que le quedaban grandes y la cara moteada de pecas. Allí estaba Nicolai, apoyado en el banco y ofreciéndose a ayudarla, a pesar de que ella no hizo caso de su consejo, y él, sin importarle poner su nombre en el cartel y pujando en la subasta para que ella consiguiera el muñeco. Vio a Nicolai ofreciendo su dinero y prestándose a trabajar un año gratis y vio al chaval pagando el muñeco y abriéndole un hueco en la valla y observando a los gatos y tirándoles su merienda.

Todo ocurría ante sus ojos, en unas imágenes que se iban haciendo borrosas por unas lágrimas que se acumulaban. Aun así pudo distinguir a Nicolai escondiendo su muñeco al lado de otros similares; y a él mismo distinguiéndolo entre todos los demás... para que ella consiguiera el muñeco, para que cumpliera su objetivo.

Y todo porque Nicolai quería ser su amigo. Él era el que no había fallado, el que siempre había estado a su lado, el que lo había dado todo por ella, por su amistad.

Rita sintió la humedad también en la nariz y entonces se vio a sí misma al lado de Nicolai después de que este hubiera recuperado su muñeco, sin darle ni siquiera las gracias, sin una mirada de cariño, porque estaba muy ocupada. Se vio a sí misma al lado de Nicolai, impasible, junto a los restos

destrozados del muñeco y a él pidiéndole perdón.
Y entonces no lo pudo soportar.

Las lágrimas brotaron de sus ojos. Liberaron
toda la ambición y el orgullo faraónico que Rita
había acumulado en esos días y mojaron la alfombra
del salón. Lloraba como una niña.

—Rita –le dijo su padre–, ¿qué ocurre?

Ella se separó de los brazos de su madre y los
miró a la vez que se enjugaba las lágrimas.

—Tengo que ir a un sitio urgentemente.

—¿No irás a…?

—No, papá, nada de muñecos. Tenéis razón,
comprendo lo que decís, he sido una tonta. Pero
ahora dejadme ir al parque, necesito ver a alguien,
es muy importante. Por favor, confiad en mí
–insistió.

Su madre hizo un gesto y Rita se puso las
botas y el abrigo y salió disparada camino de las
escaleras. Las bajó de tres en tres y corrió por las
calles hasta llegar al parque, que estaba desierto.
Volvió sobre sus pasos y se dirigió sin tiempo que
perder hacia la zona de los matorrales junto a la
valla, pero allí tampoco encontró a nadie. Fue en
su busca a la tienda de Liu y pasó al almacén; sin
embargo, el señor Xiang tampoco sabía nada de él.

Desanimada, Rita regresó al parque. Estaba
anocheciendo y varios chavales jugaban entre gritos
de alegría. La niña miró las figuras que corrían y se
fijó en ellas.

Luego giró la cabeza y creyó distinguir a alguien junto a un banco. Estaba solo. Era un chico menudo y frágil. Pero ella sabía que tenía un corazón inmenso.

La niña corrió a su lado.

—Nicolai… –le saludó.

—Rita, yo… –comenzó a decir el chaval.

Ella le indicó con un gesto que le dejara hablar.

—Nicolai, quiero pedirte algo, si no es demasiado tarde… Por favor, me gustaría mucho que quisieras ser mi amigo.

—Yo quería ser tu amigo, pero tú no necesitas amigos. Sabes muchas cosas y no tienes tiempo para eso, estás demasiado ocupada –repuso el chaval, serio.

— Los necesito más que nadie. Si no… me convertiré en una tonta de remate –replicó ella con una mueca amarga antes de añadir:

—Sé lo que ha pasado estos días, me he portado mal y no te he escuchado ni te he dado las gracias en ningún momento. Nunca nadie me había ayudado como tú lo has hecho.

—Yo comprendo que tú estabas procupada mucho por el muñeco, pero yo…

—Se dice "preocupada", y no me excuses. Quiero que seamos amigos de verdad. Por favor, dame una oportunidad…

El chaval sonrió y dejó que su amiga le pasara un brazo por el hombro.

Al momento, varios chicos que jugaban en el parque vieron cómo dos niños, agitando los brazos a modo de saludo, corrían hacia ellos.

—¿Esa no es Rita? –preguntó Saad.

—Sí, y por lo visto viene con un nuevo amigo —respondió Javi.

—¿Se le habrá pasado el enfado? —dijo Ane.

—Seguro, la conozco bien —afirmó Rafa.

—Entonces, ¿todo volverá a ser como antes?

—No; será mejor.

• • •